Dahlenberger

Die Arbeit an diesem Roman wurde durch ein Stipendium
der Kunststiftung Baden-Württemberg gefördert.

Auch als e-book erhältlich

Coverillustration: Blexbolex

Vermittelt durch die Literaturagentur im Verlag der Autoren, Frankfurt am Main

Printed in Latvia
ISBN 978-3-942787-69-7
Unsere Trailer auf www.youtube.com/jacobystuart

Florian Wacker

DAHLENBERGER

Verlagshaus Jacoby Stuart

*

Es gibt nur diesen einen Sprung. Ich bewege mich noch etwas weiter vor, soweit, dass meine Zehen schon über den Rand des Bretts stehen, halte die Arme am Körper und weiß, dass es beim ersten Mal klappen muss. Ich sehe aufs Wasser hinunter, sehe die dunklen Linien der Bahnmarkierungen auf dem Beckengrund, die zu einer schwarzen Fläche verschwimmen und fixiere die Stelle, wo ich eintauchen werde. Ich habe schon Hunderte Sprünge hinter mir, Salti, Schrauben, Backflips, mit Anlauf und aus dem Stand, und trotzdem ist es diesmal anders. Ich kenne das Wasser nicht, und ich kenne das Brett nicht. Ich spüre ein Kribbeln in Armen und Beinen, und je länger ich hinunterstarre, desto heftiger wird es. Ich muss springen, irgendwie. Noch schlimmer als ein verkorkster Sprung ist der Abstieg vom Brett, wenn einem die Knie wie verrückt zittern, wenn alle Platz machen müssen und keiner ein Wort sagen muss, weil es alle längst wissen: Da kneift einer, da bringt einer nicht den Mumm auf, und man weiß, dass man keine zweite Chance mehr bekommt. Also muss ich da runter. Zweifacher rückwärts. Ich gehe wieder einen Schritt zurück, lege eine Hand aufs Geländer und schließe die Augen. Dann spüre ich es: als würde jemand hinter mir stehen und mir sanft in den Nacken blasen.

Ich fliege durch die Gerüche eines langen, überhitzten Freibadnachmittags. Es fühlt sich vertraut an, mein Körper gehorcht mir. Nach dem zweiten Salto sehe ich das Wasser, es ist schon ganz nah, ich kann es bereits riechen und schließe die Hände über dem Kopf. Mit einem dumpfen Schlag tauche ich ins Becken. Die Wucht des Aufpralls macht mich für Augenblicke blind, ich überstrecke, kann dem Druck aber nicht standhalten und öffne die Beine. Lichtdiagonalen schneiden durchs Wasser, ich tauche zwischen ihnen hindurch, dem Grund entgegen. Mit den Fingern berühre ich den Boden, das Adrenalin macht mich benommen. Ich schlucke gegen den Wasserdruck, über mir fällt die Fontäne wieder in sich zusammen. Ich werde ruhig, ziehe die Beine an den Körper und drücke Blasen aus den Nasenlöchern. Ihre Beine baumeln am Beckenrand im Wasser, sie suchen das Becken nach mir ab, stoßen sich an. Krasser Sprung. Kennt ihr den? Nie gesehen. Wo ist er? Ich blähe die Backen, arbeite nicht mehr gegen den Auftrieb und lasse mich langsam an die Wasseroberfläche tragen.

Kapitel 1

Alles war, wie es sein sollte. Ich liebte das Dahlenberger, ich liebte den Sommer. Aber gleichzeitig fühlte sich in diesem Jahr alles komisch an, so, als ob ich ein Bonbon lutschen würde, an dem noch ein Aluminiumschnipsel klebt. Ein mechanisches Klicken riss mich aus meinen Gedanken. Es war unser Zeichen. Das Gittertor zum Dahlenberger öffnete sich mit einem leisen Quietschen und rastete ein. Ich griff nach meiner Tasche und sah auf meine Flipflops. Noch bewegten wir uns nicht, standen im Schatten des Fahrradunterstands und sahen mit zusammengekniffenen Augen hinüber zum Kassenhäuschen. Jonas stieß mich mit der Schulter an und grinste, und ich konnte den Duft des Weichspülers riechen, nach dem seine Bettwäsche roch.

»Es ist nicht das Brett.« Jonas tippte mir gegen die Stirn. »Es ist alles da drin.«

»Es ist das Brett«, sagte ich.

»Es ist alles da drin«, wiederholte er.

Ich zuckte mit den Schultern.

»Du musst wissen, was du willst.« Er wandte sich ab, ließ seine Tasche baumeln. »Du musst nur wissen, was du willst. Dann geht es auch. Das hat nichts mit dem Brett zu tun.«

Ich sah mich nach Hank um. Er stand noch immer vor seinem Moped und versuchte mit einem Taschentuch die Schmiere von den Fingern zu bekommen. Natürlich stimmte, was Jonas gesagt hatte, dass es auf den Springer ankam und nicht aufs Brett, aber trotzdem klang es, als lese er aus einem dieser Ratgeber vor, die durch positives Denken das ganze Leben umkrempeln wollen. Aber dadurch wurde aus dem Brett kein Sprungturm, und wir kamen keinen Zentimeter höher. Hank fluchte leise und knüllte das Tuch zusammen. Klara hakte sich bei ihm unter, die beiden sprachen leise miteinander, einmal lachte sie hell, Hank grinste. Elli saß noch immer neben ihrem Rad im Schneidersitz und rauchte. Sie hatte sich ihre Haare straff nach hinten zu einem Zopf gebunden und blies den Rauch so aus, dass ihr Gesicht für Augenblicke hinter dem Dunst verschwand. Wir konnten die Königin leise summen hören.

»Du musst halt den richtigen Punkt treffen«, sagte Jonas. »Das ist alles.«

»Wenn's so einfach wäre.«

»Es ist einfach. Konzentrier dich. Dann ist es einfach.«

Jonas erinnerte mich an den Trainer in der D-Jugend, der auch immer davon geredet hatte, dass wir uns konzentrieren müssten, dass es nur an uns und nie am Gegner läge, und ich erinnerte mich daran, dass wir ihn beim Duschen in der Kabine immer nachgemacht hatten und ein Spiel nach dem nächsten verloren. Vom Mühlenweg her näherten sich jetzt zwei der Weißen dem Dahlenberger. Rentner, die morgens mit uns ins Bad kamen und sich Apfelschnitze und geschälte Karotten in Plastikboxen mitbrachten. Die erste halbe Stunde bekamen sie das Becken, danach übernahmen wir, und sie hockten vor dem Kiosk und gerbten ihre dunkle Haut in der Sonne. Wir sahen ihnen dabei zu, wie sie ihre Räder anschlossen und sich die Helme vom Kopf zogen. Sie grüßten uns freundlich und gingen ans Drehkreuz, die Fahrradtaschen schlugen bei jedem Schritt rhythmisch gegen ihre gebräunten Beine. Endlich sprang das kleine Fenster auf, wir hörten die Stimme der Königin und die Stimmen der beiden Weißen, die sich kurz übers Wetter unterhielten. Jonas warf sich seinen Rucksack über, nickte mir zu, und wir schlenderten langsam hinüber zum Eingang, bedacht darauf, es aussehen zu lassen, als hätten wir es überhaupt nicht eilig. Dabei wusste ich, dass vor allem Jonas es kaum aushielt, endlich ins Wasser und aufs Brett zu kommen. Vor dem Tor blieben wir stehen, warteten, bis Klara, Hank und Elli zu uns aufgeschlossen hatten. Jeder von uns hatte eine Dauerkarte, und obwohl die Königin das wusste, obwohl sie uns in den Sommermonaten öfter zu Gesicht bekam als unsere Eltern, zog sie jeden Morgen die gleiche Nummer ab: Sie tat einfach so, als sei ihr einer unter uns völlig fremd, als versuche einer von uns, sich an ihr vorbei ins Dahlenberger zu schummeln. Sie fuhr aus ihrem Drehstuhl auf und lehnte sich nach vorn.

»Hiergeblieben, junger Mann.« Ihre Stimme war scharf, aber nicht wütend. »Haben wir nicht was vergessen?«

Diesmal traf es mich. Ich atmete aus und überlegte einen Moment lang, durchs Fenster ins Kassenhäuschen zu greifen und an irgendetwas zu ziehen, was dann mit einem hellen Ratschen reißen würde. Aber dann öffnete ich nur meinen Rucksack und suchte nach meiner Karte. Ein Ventilator summte im Hintergrund, daneben standen kleine Spielzeugfiguren, ein Hündchen mit spastischem Grinsen, zwei Zwerge, die einen Stamm zersägten. Ich spürte ihren Blick und begann zu schwitzen. Die Prozedur war unangenehm, und sie wusste es. Aber sie war im Recht. Sie hatte die Befugnis dazu, uns nach unserer Dauerkarte zu fragen, und wir ertrugen ihre Überlegenheit schwitzend und rotköpfig. Ich zeigte ihr die Karte. Ich hielt sie ihr provozierend nah vor die Nase, so dass sie zurückzuckte. Ich wartete. Sie sagte kein Wort. Ich hielt die Karte ins Fenster, damit sie sich alles ganz genau einprägen konnte: meinen Vornamen, meinen Nachnamen, das Gültigkeitsdatum, den Stempel, den sie irgendwann im Mai selbst auf das Papier gedrückt hatte. Sie sollte sehen, dass ich Gast in ihrem Freibad war und mit dafür sorgte, dass sie morgens Butter und Kaffee auf dem Tisch hatte, dass sie ihren Nissan in die Werkstatt bringen konnte und es im Spätherbst für zwei Wochen Fuerteventura reichte. Die Königin lehnte sich zurück und schnaufte.

»Schon gut, schon gut.«

Ich steckte die Karte wieder ein und folgte den anderen. Jonas legte seinen Arm um meine Schultern und zog mich zu sich.

»Gut gemacht, Großer«, sagte er.

Wir bezogen in der Nähe des Kiosks unsere Plätze, im Schatten unter der Platane. Dort gab es eine Mulde, nicht tief, aber ausreichend, dass wir das Gefühl hatten, in einem Bett mit harten Kopfkissen zu liegen. An der Rückseite des Kiosks konnten wir Rainer sehen. Er wuchtete gestapelte Getränkekisten von einer Sackkarre in den Laden. Er trug immer das Trikot derjenigen Mannschaft, die in der abgelaufenen Saison die Meisterschaft geholt hatte, seit Wochen schon das Leibchen des FC Bayern. Wenn wir uns am Kiosk etwas holten, dann lächelte er immer so, dass er tatsächlich wie ein Trottel aussah: ein schiefes Grinsen, das sein Gesicht nach links in die Länge zog. Aber kurz bevor wir uns abwandten, zog er die Mundwinkel nach unten, die Haut über den Wangen straffte sich, seine Augen bekamen ein unnatürlich klares Leuchten. Es waren nur Sekunden, aber er sah uns dann wie einer an, der genau wusste, was man tun musste, um als Trottel durchzugehen. Ich schüttelte mein Handtuch aus und warf es mir über die Schulter. Elli rieb sich Arme und das Gesicht mit Sonnencreme ein, dann drückte sie etwas davon auf Klaras Rücken aus und verstrich es. Hank versuchte noch immer seine Hände sauberzukriegen. Er fluchte über sein Moped, es war seit Monaten dieselbe Leier: Er fuhr wie ein Henker und trieb die Hercules zum Äußersten, hatte aber für anstehende Reparaturen keine Kohle. Und wenn er Geld hatte, tankte er nur und fütterte mit dem Rest die beiden Spielautomaten im Borndorfer Grillhaus. Hank war seit einem halben Jahr achtzehn und genoss seine Freiheiten, und wir genossen es, dass wir jemanden hatten, der uns problemlos Bacardi Cola und Smirnoff besorgen konnte. Wir schlenderten hinüber zur Dusche. Das Abbrausen war die erste Herausforderung des Tages. Das Wasser war jetzt am Morgen noch eiskalt, würde aber bis zum Mittag zu einer warmen Brühe werden. Ich warf Jonas mein Handtuch zu, hielt die Luft an und schlug auf den Knopf. Es war wie eine kleine Explosion, als ob auf der Haut hunderte Sprengkörper gleichzeitig zündeten. Für Sekunden glaubte ich zu ersticken. Dann riss ich die Augen auf, spuckte Wasser aus und betrat den Badebereich. Wir blickten übers Becken. Das Wasser schillerte fremd und anziehend zugleich, die Nichtschwimmerleine hing schlaff über der blauen Fläche, drüben streckte sich das Brett in aufreizender Lässigkeit übers Wasser. Und neben dem Becken, in seinem Gartenstuhl unter dem Schirm, saß er, Hackenbarth. Gegen das Licht erkannten wir nur einen dunklen Schemen, die langen Beine, seinen Panamahut. Nie sahen wir ihn morgens ins Dahlenberger kommen, er war immer schon da, in seinem Stuhl unter dem Schirm. Wir wussten nicht, wie er mit Vornamen hieß und ob er wirklich Bademeister war, was wir aber ziemlich sicher wussten: Hackenbarth war der große Fisch im Becken, ein Wels mit langen Barteln ums Maul. Selbst die Königin betrat diesen Bereich selten und nur dann, wenn sie etwas an den Beeten zu tun hatte, die den Innenbereich von den Liegewiesen trennten. Ich hockte mich neben Jonas auf die Bank, streckte die Beine aus und wackelte mit den Zehen. Die Mädchen breiteten ihre Handtücher auf den Steinplatten aus und legten sich hin. Die Weißen zogen ihre ersten Bahnen. Wir hielten uns an das stillschweigende Übereinkommen mit Hackenbarth, das Becken für eine halbe Stunde den Weißen zu überlassen und nutzten die Zeit, um uns vorzubereiten. Jonas war auf die Bank gestiegen, er stand neben mir auf Zehenspitzen und hielt einige Augenblick das Gleichgewicht, dann sprang er ab und landete in der Hocke.

»Du musst einfach nur weit genug hochkommen«, sagte er und drehte sich zu mir um. »Es ist egal, ob's ein Einer oder ein Dreier ist. Wenn du gut wegkommst, kriegst du's auf jeden Fall hin.«

»Ich mach heute nur Backflips«, sagte Hank und beugte sich vor. »Eigentlich ganz einfach.«

»Total einfach.« Ich linste zu Jonas hoch. Er sah mich ernst an, verschränkte die Arme vor der Brust und zuckte leicht mit den Schultern. Ich spürte die Hitze über meinen Haaren. Es fühlte sich an, als klettere mir eine ganze Armada Ameisen den Rücken hinauf und durch die Ohren unter die Kopfhaut krabbeln. Ich rubbelte mir das Wasser aus den Haaren und folgte Jonas ans Becken. Wir hielten unsere Füße ins Wasser, hörten es in der Überlaufrinne glucksen. Jonas lehnte sich an mich, ich spürte die Wärme seiner Schulter. So saßen wir eine Weile regungslos nebeneinander und ließen uns von den Spiegelungen des Wassers blenden.

Ich legte den Kopf in den Nacken und atmete aus. Hinter mir konnte ich die Knirpse ungeduldig flüstern hören, hörte auch, wie sich Hackenbarth den Hut vom Kopf zog und sich über den Schädel wischte. Alles war mir vertraut wie sonst kaum etwas, die Bewegungen, Gerüche und Geräusche. Sie machten das Dahlenberger zu einem Ort, der unabhängig von seiner Umgebung existierte und den es nur gab, weil wir ihn so erschaffen hatten. Ich nahm Anlauf, kam ziemlich optimal an der Spitze des Brettes noch einmal auf und ließ mich vom Drall nach vorn schleudern. Ich rollte mich zusammen, wusste, dass ich die Drehung schaffen würde und streckte dann meine Füße seitlich aus. Ich spürte den Aufschlag, den Druck des Wassers und sah noch die Fontäne aufsteigen, bevor ich untertauchte und alles um mich weiß wurde. Es war kein großer Sprung gewesen, keiner, der bei Hank oder Jonas Anerkennung hervorrief, allenfalls ein paar Knirpse standen wahrscheinlich mit offenem Maul neben dem Brett und glotzten in meine Richtung. Prustend zog ich mich am Beckenrand aus dem Wasser und hockte mich neben Jonas und Hank. Wir schwiegen und blickten aufs Wasser.

In den Videos, die wir uns abends manchmal noch auf meinem Rechner ansahen, kamen die besten Sprünge von den Türmen. Klar gab es auch ein paar Profis, die vom Einer ganz ordentliche Bomben und Backflips hinbekamen, aber die wahren Schönheiten begannen erst ab drei Metern. Vom Fünfer gab es schon beachtliche Sprünge, grazil, technisch sauber und mit beeindruckenden Fontänen. Wer aber wirklich an die Spitze wollte, kam um den Zehner nicht herum. Weder Hank noch Jonas oder ich waren jemals aus dieser Höhe gesprungen, obwohl Jonas behauptete, vor zwei Jahren im Spanienurlaub einen Salto von einem Turm gesprungen zu sein. Aber er legte sich in der Höhe nicht genau fest und dadurch, dass er es nur ein-, zweimal erwähnt hatte, war Hank und mir schnell klar geworden, dass es wahrscheinlich nur ein Dreier, maximal ein Fünfer gewesen war.

Hackenbarth pfiff, dann stellte er das Schild aufs Brett und baute sich neben der Leiter auf. Wir hatten jede Stunde ein Zeitfenster von rund fünfzehn Minuten, um zu springen. Sonst blieben uns nur die Startblöcke, die aber zu nicht viel mehr als ein paar Übungssprüngen taugten, um die Bewegungsabläufe durchzugehen und Sicherheit zu gewinnen. Ich spürte Jonas' Arm an meinem, wir wiegten ganz leicht hin und her im Rhythmus der kleinen Wellen, die an unsere Shorts schwappten. Der Himmel war wolkenlos, seit drei Wochen. Von meinem Kinn tropfte das Wasser, ich bewegte die Füße, die wie geschwollen aussahen. Das Brett im Dahlenberger hatte seine besten Tage längst hinter sich, es knarzte und zitterte bei jedem Sprung, und obwohl ich jeden Morgen wie die anderen die drei Stufen hinaufstieg und für ein paar Augenblicke das Kitzeln des Belags an den Fußsohlen genoss, war mir doch irgendwie klar, dass wir nie den Doppelten hinbekommen würden, egal wie sehr wir uns anstrengten.

»Vom Einer kannst du's doch echt vergessen«, murmelte Hank.

»Dann bau uns halt einen Turm«, sagte Jonas und rutschte vom Beckenrand zurück ins Wasser. »So fünfzehn Meter hoch. Von da setz ich dir einen Vierfachen ins Becken.«

Er tauchte unter. Ich sah nur noch seinen Schatten, dann war er ganz verschwunden. Plötzlich spürte ich einen heftigen Zug an meinem Bein, und noch ehe ich mich festhalten konnte, zog es mich unter Wasser. Ich wusste, dass es Jonas war, trotzdem genoss ich den kurzen Schock und tauchte nicht gleich auf. Letztes Jahr hatten wir *Der weiße Hai* geschaut und selbst Jonas war am Tag danach drüben im Nichtschwimmerbereich ins Wasser gegangen und langsam bis zur Leine vorgewatet, ehe wir wieder tauchten und sprangen. Ich berührte den Grund mit den Füßen, stieß mich ab und tauchte wieder auf. Jonas war noch immer verschwunden. Hank nervte die Mädels, indem er seine Shorts über ihren Rücken ausdrückte. Ich kraulte zur Leine und zog mich bis zum Bauch aus dem Wasser. Jonas tauchte neben mir auf.

»Ist was mit dir?«

Ich antwortete nicht, schwamm hinüber zum Beckenrand.

»Schlecht geschlafen?« Jonas drehte sich auf den Rücken.

»Kann sein.« Ich zog mich aus dem Wasser, ließ mich wieder zurückfallen. Jonas schaukelte in den Wellen, hielt sich fast regungslos auf dem Rücken und trieb mit geschlossenen Augen langsam auf mich zu. Er achtete nicht auf die anderen Schwimmer, tat so, als gehöre das Becken ihm alleine. Ich wartete, bis er nah genug war, begann mit den Beinen zu strampeln und brachte ihn aus dem Gleichgewicht. Er schluckte Wasser, strampelte mit den Armen.

»Machen wir weiter«, rief ich und kraulte langsam hinüber zu den Startblöcken.

Der Doppelte rückwärts war unser heiliger Gral: Man sprang nach vorne ab, musste aber gleichzeitig weit und hoch vom Brett wegkommen, um die Beine anzuziehen und dann zwei Rückwärtssaltos zu schaffen. Es gab dieses Video von einem Typen, der mit Anlauf genau den richtigen Punkt trifft, optimal wegkommt und fast die dritte Drehung hinbekommt, bevor er ins

Wasser einschlägt. Wir schafften gerade einmal eineinhalb Drehungen und schlugen dann meist mit dem Gesicht zuerst auf, warum wir nach einer Weile ziemlich Kopfschmerzen bekamen. Jonas war fest davon überzeugt, dass es nur eine mentale Sache war, etwas, das nichts mit dem Brett oder dem Wasser zu tun hatte. Bei Hank war ich mir nicht sicher: Er sprang zwar, zeigte aber seit Beginn der Ferien nicht mehr die ganz große Begeisterung, nickte meist nur, wenn Jonas und ich uns unterhielten, oder er brummte irgendwelche Sachen, die wir nicht richtig verstanden. Obwohl auch ich nicht daran glaubte, jemals einen Doppelten ins Becken zu setzen, blieb ich trotzdem dran. Es war so, als zwänge mich jemand oder etwas, jeden Tag aufs Neue aufs Brett zu steigen und zu springen, als müsse es einfach getan werden.

Wir lagen nebeneinander auf dem Rücken. Jonas zeichnete Sprungfolgen in die Luft, ich versuchte ihm zu folgen, verlor aber schon nach kurzer Zeit den Überblick. Ich rollte mich auf den Bauch und legte das Kinn auf die Arme, sah zu Elli, die mir gegenüber auf dem Rücken lag und hinauf in die Baumkrone sah. Ich wollte etwas sagen, wusste aber nicht was. Sie wirkte abwesend in letzter Zeit, als beschäftige sie irgendetwas, sie saß da und schaute über die Liegewiese oder hinauf ins Laub der Platane, blätterte in einer Zeitschrift herum ohne zu lesen und sah manchmal mit zusammengezogenen Brauen zu uns auf, als überprüfe sie etwas. Ich hatte den Geschmack von Chlorwasser auf der Zunge, schmatzte ein paarmal und stemmte mich hoch. Elli drehte sich um, lächelte müde und strich sich eine Strähne aus dem Gesicht.

»Alles klar?«, fragte ich.

»Kopfweh«, sagte sie.

»Willst du ne Aspirin?«

»Geht schon. Ich versuche mal zu schlafen.« Sie drehte sich wieder um, rollte sich in ihr Handtuch. Ich sah sie ruhig und gleichmäßig atmen, hörte hinter mir Jonas und Hank miteinander leise reden, Klara döste. Ich zog die Knie an, sah über die Liegewiese und versuchte mir vorzustellen, was die Leute sonst taten, wenn sie nicht auf ihren Handtüchern in der Sonne fläzten. Sie wohnten irgendwo, hatten einen Job, hatten sich irgendwann mal für dieses Leben entschieden. Vielleicht hatten sie sich aber auch gar nicht entschieden, sondern es war einfach passiert, sie hatten jemanden kennengelernt, waren mitgenommen worden und hatten sich gar nicht gefragt, ob sie es wollten oder nicht. Hank lachte hinter mir schrill auf.

»Spast«, raunzte Jonas.

Ich drehte mich um, sah die beiden voreinander knien, Jonas wedelte mit seinem Handtuch und ließ das Ende gegen Hanks Arm fitzen.

»Ist das schon alles«, sagte er und verzog keine Miene.

»Willst du Nachschlag?«

Ich hatte keine Ahnung, worum es ging, wahrscheinlich um die Sprünge. Hank rührte sich nicht, dann schoss er plötzlich auf Jonas zu und packte ihn. Die beiden kugelten keuchend über Jonas' Tasche und verhedderten sich in den Handtüchern. Hank kriegte Jonas in den Schwitzkasten und drückte ihn auf seinen Rucksack. Beide lachten krächzend.

»Willst du noch mehr, oder was«, schnaufte Hank. »Willst du noch mehr?«

Die beiden verharrten eine Weile im Halbschatten, wie zwei in Stein gemeißelte Kämpfer. Schließlich lockerte Hank die Umklammerung und ließ sich auf den Rücken fallen. Jonas bewegte sich nicht und gluckste leise vor sich hin. Die Sonne stand jetzt fast senkrecht über dem Dahlenberger, der Schatten der Platane bestand nur noch aus kleinen Klecksen, und über dem Dach des Geräteschuppens flimmerte die Hitze. Wir waren da, wo wir hingehörten: im Dahlenberger. Hackenbarth patrouillierte am Becken, die Königin schwitzte im Kassenhäuschen, Rainer schuftete in seiner Bude. Wir kannten hier jeden Winkel, wussten, wie es in den Umkleiden roch und welche Farbe die Urinsteine in den Pissbecken hatten. Ich sah Hank und Jonas, Elli und Klara, und plötzlich kam es mir so vor, als würden wir uns nicht kennen, als lägen wir hier nur zufällig nebeneinander, über uns bewegte sich das Laub im warmen Wind, unter uns welkte das Gras und jemand versuchte einen Zweifachen vom Brett.

Kapitel 2

Das Dahlenberger bestand aus einem fünfundzwanzig Meter langen und zehn Meter breiten Becken und hatte an den vier Ecken vier silbrig glänzende Einstiegsleitern. Es war ein durch und durch gewöhnliches Schwimmbad, begann bei einer Wassertiefe von 80 Zentimetern und fiel hinter der Nichtschwimmerleine bis auf 3,20 Meter ab. Dort befanden sich auch die Startblöcke und, etwas nach links versetzt in der Nähe von Hackenbarths Platz, das sanft federnde, melodisch knarzende Einmetersprungbrett. Hackenbarth hatte zusammen mit der Königin und Rainer das Dahlenberger vor fünfzehn Jahren übernommen. Bis dahin hatte das Bad jahrzehntelang ein trübes Dasein gefristet, aufgegeben und verwahrlost, im Becken schwammen Enten und auf den Liegewiesen wucherten Brennnesseln und Brombeeren. Es gab Fotos aus dieser Zeit im Gemeindehaus, Bilder von den Renovierungsarbeiten. Eine Zeitlang lebten die Hackenbarths neben dem Geräteschuppen in einem Wohnwagen, kochten auf einem kleinen Gasherd und nutzen die Dusche am Beckenrand, aus der eiskaltes Wasser schoss. Es gab Bilder von den ersten Badeversuchen, Rainer in knallroten Shorts, Hackenbarth beim Fliesenlegen, von der Königin, die Rosen pflanzt, dann von der Eröffnung, bei der der

Bürgermeister die erste Bahn kraulte und sich bei der Drehung so den Kopf stieß, dass er leicht benommen aus dem Wasser gezogen werden musste. Und es gab ein Bild, das mich am meisten faszinierte, eins, das nicht zu den Sommermonaten, zum Geruch nach Chlor und gemähtem Rasen passte: das Dahlenberger im Winter, Mitte Februar. Das Becken ist mit einer Plane abgedeckt, es schneit, und auf einer der Bänke sitzt Hackenbarth im dicken Mantel, er trägt Ohrenschützer und streut den Vögeln Futter aus.

Dieser Sommer war heiß und staubig. Seit anderthalb Wochen waren Ferien, und seit anderthalb Wochen trafen wir uns jeden Morgen um kurz vor halb neun am Fahrradunterstand. Jonas war meistens zuerst da, den Rucksack über die Schulter geworfen, das Haar stumpf vom Wasser und der Sonne. Auch Hank wartete schon, wenn ich vom Mühlenweg in den Parkplatz einbog. Wir hockten dann meist zusammen, redeten wenig und warteten auf die Mädchen, die jeden Moment vom Mühlenweg her kommen mussten. Wir sahen ständig hinüber zum Mühlenweg, aber es waren nicht Klara und Elli, auf die wir warteten, sondern auf die Königin. Sie saß in ihrem maroden Nissan auf dem Parkplatz – mit geschlossenen Fenstern und laufendem Motor, ihr rannen Schweißtropfen die flaumigen Wangen hinab, sie hielt das Lenkrad umfasst und starrte auf ihre Armbanduhr. Sie war die Königin des Dahlenberger, Hackenbarths Frau, auf sie kam es an. Von ihrer Laune hing ab, wann wir zu unseren ersten Sprüngen kamen. Jonas hatte einmal vorgeschlagen, sie abzulenken, um an ihren Schlüssel für das Eingangstor zu kommen. Eine schnelle, geheime Aktion: Jonas und ich streiten mit ihr über die hygienischen Zustände in den Umkleiden, Hank schnappt sich derweil den Schlüssel, den sie immer aufreizend lässig neben der Kasse ablegt. Dann schicken wir Hank nach Borndorf zum Schlüsselmacher, wir erwarten ihn bei den Altglastonnen am Sportplatz und beschließen, es noch in der Nacht auszuprobieren.

Aber auch Jonas wusste, dass eine solche Aktion offenen Krieg bedeutete und niemand sagen konnte, wie sich die Königin in einem solchen Fall verhalten würde. Wir hatten von anderen Bädern gehört, in denen es Einlassverbote und Dauerkarteneinzug für weit weniger gesetzt hatte, als heimlich den Generalschlüssel zu klauen und zu kopieren. Im Dahlenberger gab es ein paar unumstößliche Regeln, die schon immer galten und immer gelten würden: Hackenbarths Hoheitsgebiet umfasste das Becken und die Bänke, und jenseits davon, auf der Liegewiese und vor dem Kiosk, hatten wir so ziemlich alle Freiheiten. Die Weißen waren unantastbar, ebenso die Rosenbeete der Königin. Wir waren die ersten, die das Bad betraten, und die letzten, die es verließen. So ging es schon ein paar Jahre. Im Dahlenberger hatte ich zuerst Jonas, dann Hank und die Mädels kennengelernt. Ich ging in Borndorf zur Schule, hatte aber mit den Leuten aus meiner Klasse so gut wie keinen Kontakt. Ich war aber kein Außenseiter und wurde auch nicht blöd angemacht, ich war sogar ziemlich beliebt, war ein Jahr lang Klassensprecher gewesen und hatte im ersten Jahr in Dahlenberg noch in Borndorf in der D-Jugend gespielt. Aber seit ich Jonas und die anderen kannte, waren Borndorf und meine Schule fast schon Ausland, in das ich ging, weil ich musste, aber nie länger als nötig blieb. In Dahlenberg hatte ich alles, was ich brauchte: ein paar gute Freunde, ein Becken und das Gefühl, die Dinge im Griff zu haben.

Die Königin hatte ihren alten Nissan wie immer direkt neben dem Eingang geparkt. Wir beobachteten sie mit wachsender Unruhe, lehnten am Geräteschuppen im Schatten und sagten nichts. Hank kam auf seiner Hercules über den Parkplatz geknattert, stieg ab und bockte sie auf. Er fuhr wie meistens ohne Helm, strich sich das Haar aus der Stirn und zog beim Anblick des Nissan eine Grimasse. Ich stieß mich von der Wand ab und ging ein paar Schritte über den Parkplatz. Schon jetzt war es ziemlich heiß, im Wetterbericht war seit Tagen die Rede von tropischen Nächten. Ich kickte einen Stein an und sah zu, wie er in Richtung des Nissan kullerte. Kurz bekam ich Panik, er würde die Karre treffen, was für uns alle, aber besonders für mich nichts Gutes bedeutet hätte. Aber im letzten Moment blieb er vor dem Hinterreifen liegen, ich spuckte auf den Asphalt. Langsam ging ich zu den anderen zurück, blieb neben Hanks Moped stehen. Er hockte vor seiner Maschine und fummelte mit zwei Fingern am Vergaser herum. Eigentlich sah es gar nicht mehr wie ein Moped, sondern schon wie eine richtige Crossmaschine aus, und Hank legte auch viel Wert darauf, dass wir nie Moped, sondern immer nur Hercules sagten.

»Irgendwas stimmt nicht mit den Zylindern«, sagte er ohne aufzusehen. Ich beugte mich etwas zu ihm herunter, hatte aber keinen blassen Schimmer, was er meinte.

»Bring sie halt mal in die Werkstatt«, sagte ich.

»Wenn du zahlst.« Er grinste schief, fuhr sich mit dem Handrücken über die Stirn.

»Den Sommer über muss sie noch durchhalten.« Er stand auf, warf sich seinen Rucksack über. »Wenn ich dan±n meinen ersten Lohn krieg, bekommt sie das volle Programm.«

Die Tür des Nissan flog ins Schloss. Wir sahen auf. Die Königin schritt in ihren Plastiksandalen langsam auf das Kassenhäuschen zu, ließ sich am Tor mit dem Schlüssel Zeit, die beiden Weißen kamen neben uns zum Stehen und schlossen ihre Räder an.

»Irgendwann wird ihr das leidtun«, flüsterte Hank.

»Wie meinst du das?«

»Wie sie uns behandelt. Irgendwann kapiert sie schon noch, wer wir wirklich sind.« Er ging los, folgte Jonas und Elli. Ich sah zu Klara, die noch immer im Schatten saß und den Kopf an die Wand gelehnt hatte. Ihr Mund stand offen, als versuche sie Fliegen zu fangen.

»Kommst du?«, fragte ich.

Sie stand langsam auf, griff nach meinem Arm.

»Hast du auch mal dran gedacht, was wäre, wenn es das Bad und Hackenbarth und die Königin nicht gäbe?«

»Dann würden wir woanders rumhängen.«

»Oder uns einfach nicht kennen.«

»Schon möglich.«

»Manchmal kotzt mich das Dahlenberger richtig an: Als ob es alles bestimmen würde.«

Ich zog meine Karte aus dem Rucksack, konnte schon das Radio hören, Elli nahm einen letzten Zug von ihrer Kippe.

»Besser das Dahlenberger als irgendwer anders«, sagte ich.

Dann warteten wir auf den Einlass.

Das Brett lag vor mir. Ich nahm die Hände vom Geländer und sah auf meine Füße. Noch war es kühl und trocken, langsam ging ich nach vorn und ließ die Federung knirschen. Ich würde der erste an diesem Morgen sein, der ins Becken sprang, der erste, der die Wasseroberfläche aufriss und sie für alle nachfolgenden Sprünge vorbereitete. Ich spürte ein angenehmes Kribbeln in Armen und Beinen, legte den Kopf in den Nacken und atmete den Geruch des Chlors ein. Ich sah Jonas am Beckenrand, ich sah Hank mit verschränkten Armen an der Einstiegsleiter stehen. Sie warteten. Auch Hackenbarth wartete. Er stand hinter mir, ich wusste es, er hatte sich die Kordel der Trillerpfeife ums Handgelenk geschlungen und ließ das kleine schwarze Ding rhythmisch baumeln. Ich atmete gleichmäßig und sah übers Becken, fixierte einen Punkt am anderen Ende. Dann begann ich zu federn, behielt die ersten Male noch Kontakt zum Brett, bevor ich das erste Mal abhob und die Füße durchstreckte. Ich ging in die Knie und holte erneut Schwung. Mein Körper vibrierte, Knochen, Sehnen, Muskeln, alles wurde Teil einer einzigen Bewegung, als wüssten sie, wohin sie mich bringen sollten. Ich streckte die Arme seitlich aus und begann zu rudern, merkte, wie mein Körperschwerpunkt sich verlagerte und mich vom Brett drängte. Aber noch hielt ich mich gerade, das Brett jaulte auf und warf mich wieder in die Luft. Ich zog die Beine an, wirbelte herum und klatschte ins Wasser. Es ging schneller als gedacht, und ich schaffte es nicht mehr, die Beine zu öffnen, ich glaubte, viel höher gestiegen zu sein. Ich riss die Augen auf und sah um mich Luftblasen aufsteigen, und kurz wusste ich nicht mehr, wo oben und unten war. Die einsetzende Panik war wie ein Kick. Es fühlte sich an, als habe mir jemand einen kräftigen Schlag auf den Hinterkopf verpasst. Ich sank tiefer, begann mit den Füßen zu paddeln und tauchte zum Rand zurück. Dort brauchte ich einige Augenblicke, um wieder klar zu werden. Ich schüttelte den Kopf, strich mir das Wasser aus dem Gesicht. Jonas rief mir etwas zu, aber ich hörte nur ein dumpfes Rauschen, das Blubbern von aufsteigenden Blasen. Langsam schwamm ich an den Rand, Hank packte mich am Arm und zog mich mit einem Ruck aus dem Wasser. »Nicht schlecht«, sagte er.

»Ich dachte, ich sei viel höher weggekommen.«

Jonas schlenderte heran, warf mir mein Handtuch zu. Ich fing es auf, drückte es mir ins Gesicht.

»Anderthalb«, sagte er. »Einen halben Meter höher, und ich hätte es geschafft.«

»Dann gleich nochmal.«

Jonas stand vor mir auf dem Brett. Ich konnte seine Rückenwirbel unter der Haut hervortreten sehen, seine Schulterblätter bewegten sich wie kleine Flügel. Er ließ den Kopf hängen und wippte nur leicht auf und ab. Ich lehnte am Geländer und klapperte leise mit den Zähnen, nicht, weil mir kalt war, sondern vor Anspannung. Vielleicht war es doch nicht unmöglich, und Jonas hatte Recht. Vielleicht kam es wirklich nur auf die Einstellung an, darauf, wie man auf dem Brett stand, wie man hinunter aufs Wasser sah, wie man seinen Körper einsetzte. Jonas begann zu schwingen, und als er das erste Mal abhob, sah es für einen Augenblick so aus, als würde er für immer in dieser Position verharren: der Körper gerade, die Arme angelegt, er sieht schon den Sprung vor sich, er sieht schon die Abfolge der Bewegungen, Muster, die er nur noch ausfüllen muss. Sein Rücken war eine einzige leuchtende Fläche, seine Beine geschlossen, die Arme seitlich ausgestreckt. Ich hielt die Luft an und verfolgte seine Bewegungen, den ersten Salto, er hatte noch genug Höhe, aber er war zu langsam, der Schwung reichte nicht aus. Nach einer weiteren halben Drehung streckte Jonas die Beine durch und drückte sein Kinn auf die Brust, dann tauchte er mit den Schultern voran ein, regungslos und schwer wie ein Stein.

Bis zum Mittag füllte sich das Dahlenberger: Familien mit Kühltaschen, verfressene Dritt- und Viertklässler, die in der Nähe des Kiosks herumlungerten, Großeltern mit ihren Enkeln, die ihnen halbstündlich saure Würmer, Fritten und Wassereis abnörglten, dazwischen ein Radfahrer mit verbrannten Unterarmen, die Dauerkartenbesitzer, die wie gegrillte Hackbällchen unter den Schirmen lungerten und ein Weizenbier nach dem anderen tranken. Die letzten Weißen aßen ihre Apfelschnitze, die Russenkinder lärmten und tauchten sich gegenseitig. Ich lag im Schatten neben Klara, die letzten Tropfen trockneten auf meinem Rücken. Sie war eingeschlafen, ihre rechte Hand zuckte ihren Träumen hinterher. Ich döste, ging die letzten Sprünge noch einmal durch und spürte das altbekannte Brennen an den Oberschenkeln und am Rücken. Es gab keinen anderen Weg, als es wieder und wieder zu versuchen. Ich richtete mich auf und konnte Jonas und Elli drüben am Beckenrand nebeneinander sitzen und rauchen sehen. Elli lehnte an Jonas Rücken und sah zum Becken, während sich Jonas das Handtuch über den Kopf geworfen hatte und auf die Steinplatten stierte. Es fühlte sich irgendwie gut an, die beiden so zu sehen, und zusammen mit dem gleichmäßigen Geräusch der Sprungfederung und den hellen Wassereinschlägen war es ein Gefühl, von dem ich hoffte, es würde diesen Sommer irgendwie überleben. Klara öffnete die Augen und blinzelte ins Licht.

»Kannst du mich mal kratzen«, nuschelte sie. »Da hinten.«

Sie hob den Träger ihres Bikinis und wartete. Ich wusste nicht, ob ich meine Hand wirklich unter den Träger schieben sollte. Sie konnte das Ding einfach schnappen lassen und irgendeinen Spruch machen. Dann berührte ich sie. Klara zuckte zusammen und fuhr auf.

»Willst du Löcher bohren?«

Ich zog meine Hand zurück, Klara sah mich an.

»Ist was?«

»Nichts.«

»Ich kenne aber diesen Jan-Blick.«

»Alles okay.«

»Ich krieg‘s schon raus«, sie lächelte.

Ich drehte mich wieder auf den Rücken und sah hinauf ins Laub. Ich wusste, dass dieses Jahr meine Dauerkarte früher auslief als die Dauerkarten der anderen. Ich hatte beim Datum nicht aufgepasst und mich verschrieben.

»Ich hab Hunger«, sagte Klara.

»Fritten?« Ich starrte noch immer hoch ins Laub.

»Fritten gehen immer.«

Ich rappelte mich auf und folgte ihr hinüber zum Kiosk. Rainer schwitzte wie verrückt, während er ein Weizenbier aufmachte, eine Coke aus dem Kühlschrank nahm oder die nächste Fuhre Fritten mit Salz bestreute. Man konnte von ihm halten, was man wollte, aber in der Bude hatte er die Dinge fest im Griff: Er befüllte kleine Tütchen mit Gummizeugs, nahm ein Stück Pizza aus der Mikrowelle, machte einen Witz mit einem der Stammgäste. Rainer war ein guter Trottel, harmlos, ab und zu etwas geil, was bei den vielen Bikinis nicht ungewöhnlich war. Manchmal machte sich Klara einen Spaß und zog ihr Oberteil soweit herunter, dass man schon das zarte Rosa ihrer Warze erahnen konnte.

Sie bestellte zweimal Fritten rotweiß. Während wir warteten und Rainer an der Fritteuse hantieren hörten, sahen wir hinüber zum Becken. Wir sahen nicht das Wasser selbst, sondern nur die aufspritzende Gischt, die im Licht zerstob wie Staub. Rainer schob uns die beiden Schalen zu und steckte zwei Plastikgabeln hinein.

»Nur für euch«, sagte er.

Keine Ahnung, was er damit meinte, wir waren schließlich nicht die einzigen, die Fritten bestellten. Er grinste und ließ im letzten Moment die Mundwinkel fallen. Ich sah ihn verwirrt an, und für Momente kam mir der Gedanke, eines Tages in einer von Rainers Anekdoten von seiner Zeit im Dahlenberger aufzutauchen, die er im Kreis anderer Nobelpreisträger erzählte. Wir gingen zurück unter die Platane und aßen.

»Ist irgendwas mit dir?«

»Jetzt hör auf zu nerven.«

Ich versuchte mit der Minigabel eine Fritte zu zerkleinern, rutschte ein paarmal ab.

»Es ist nichts. Gar nichts.«

Ich matschte meine Fritten ins Ketchup, aß schnell und bekam Magenkneifen. Klara beugte sich zu mir, drückte ihren Finger tief in meine Wange und schnippte den Ketchup dann zur Seite. Ich sah sie verwundert an. Klara leckte sich Salz von der Lippe und verzog keine Miene. Ich wollte gerade etwas sagen, irgendetwas Fieses, um sie zu ärgern, als Jonas und Hank auftauchten und sich neben uns auf ihre Handtücher fallen ließen. Hank drückte Klara seinen nassen Kopf auf den Rücken. Klara kreischte und rollte sich zur Seite, und als sich Hank über ihre Fritten hermachte, begann sie ihn mit ihren Füßen zu bearbeiten.

»Kinder.« Jonas drehte sich auf den Rücken.

Ich hielt ihm die Schale hin, er nahm sich eine Fritte, drehte sie und sah sie an wie etwas, dass er gerade aus einem jahrtausendealten Pharaonengrab geholt hatte.

»Scheiß Brett«, sagte er, ohne von der Fritte abzubeißen.

»Ich sag doch, dass es nicht geht.« Ich streckte die Beine aus. »Es kommt halt nicht nur auf Technik an, sondern auch aufs Brett.«

»Der Anker geht immer.« Hank rollte sich neben mich, er wehrte sich nur noch halbherzig gegen Klaras Tritte.

»Scheiß auf den Anker. Den musst du vom Zehner springen. Sonst bringt es gar nichts.«

Wenn man den Anker richtig sprang, konnte man Fontänen bis zu zwölf Metern schaffen. Aber dann musste alles passen: die Höhe, die Eintauchphase, die Körperspannung und die Tiefe des Trichters, den man ins Wasser riss. Uns kam es aber nicht auf die Fontäne als vielmehr auf Eleganz und Waghalsigkeit an. Die wahre Meisterschaft bestand unserer Meinung nach darin, so zu springen, dass es gar nicht mehr nach einem Sprung aussah, sondern nach etwas, für das man erst einen Namen erfinden musste.

»Ich werde den noch packen.« Jonas hockte sich hin und schüttelte seine Haare wie ein Hund. »Ich sag's dir: diesen Sommer ist er fällig.«

Hank sah ihn zuerst. Er sagte nichts, lehnte sich nur nach vorn und starrte hinüber zu den Duschen. Wir saßen auf der Bank, die Handtücher über den Köpfen und sammelten Speichel im Mund. Die Hitze lag wie ein Film über dem Dahlenberger und bleichte es aus. Ich stieß Hank an, fragte, ob alles okay sei. Er nickte ohne mich anzusehen, vor Anstrengung furchten sich Falten in seine Stirn. Das kannte ich nur von ihm, wenn seine Hercules mal wieder am Straßenrand ausgerollt war und er sich mit todernster Miene das Getriebe vornahm. Jetzt sah er so aus, als habe jemand seine Hercules mit einem Vorschlaghammer bearbeitet.

»Hank«, sagte ich leise, »was ist los?«

»Der Typ da«, knirschte er.

Ich kniff die Augen gegen das glitzernde Wasser zusammen. Dann sah ich ihn auch. Er kam aus dem Duschbecken. Sein schmaler Körper federte bei jedem Schritt, und seine dunklen Haare klebten wie aufgemalt an seinem Kopf. Er trug eine knielange schwarze Badehose und über der Schulter ein ebenso schwarzes Handtuch, auf dem in feuerroten Buchstaben *Slayer* stand. Er ging nachlässig, ohne Interesse für seine Umgebung.

Schweigend beobachteten wir ihn. In der Regel erwartete jeden Neuling nach ein paar Minuten am Becken ein erstes Hackenbarth-Gewitter: Trillerpfeifenalarm, Appell am Beckenrand, Verweis auf die Schwimmregeln, Verweis auf allgemeinere Anstandsregeln, dann auf die schwarze Liste für die nächsten zwei Stunden. Aber Hackenbarth schien den Jungen gar nicht zu bemerken und ließ die Trillerpfeife baumeln. Der Junge stand am Brett und drehte sich dem Wasser zu. Um ihn herum toste und tobte das Beckenleben, aber er stand ganz ruhig da. Er hielt einen Fuß ins Wasser und zog ihn sofort wieder heraus, der Widerschein des Wassers reflektierte in seinem Gesicht, dass es aussah, als ziehe er Grimassen. Er legte das Handtuch auf die Bank und ging langsam auf das Brett zu. Hackenbarth hatte das Verbotsschild schon aufgestellt, gerade sprang ein letzter Knirps und klatschte ins Wasser. Er blieb vor der Leiter stehen und las. Es war aber mehr als ein Lesen, er starrte auf die Buchstaben, er bohrte seinen Blick in die Beschichtung, hinein ins Aluminium. Und dann geschah etwas, dass uns alle sprachlos machte und sich jedem von uns ins Gedächtnis einbrannte: Er griff nach dem Geländer und zog sich aufs Brett hinauf, und in einer einzigen schwungvollen Bewegung überwand er das Schild und ging nach vorn. Dort stand er und blickte in die Luft, als müsse er die Windrichtung prüfen. Hackenbarth rührte sich nicht, der Schatten seines Huts zerschnitt sein Gesicht. Die Luft schien sich plötzlich noch mehr zu verdichten, wurde drückend und dampfte. Wir wussten, dass auf dem Brett etwas im Gange war, was es vorher noch nicht im Dahlenberger gegeben hatte. Der Junge begann zu federn. Das Brett bog sich ächzend durch, er schnellte in die Luft. Am Scheitelpunkt seiner Flugbahn streckte er die Beine aus und faltete die Hände vor dem Bauch zusammen, sein Oberkörper und seine Beine bildeten nahezu einen rechten Winkel. Als er auf die Wasseroberfläche traf, hielten plötzliche alle Bewegungen inne und alle Geräusche verstummten. Es war wie in einem dieser Martial-Arts-Filme, die Klara so mochte: Um den Kämpfer herum fror die Welt ein, damit der Kämpfer selbst zum Mittelpunkt der Welt werden konnte. Nach dem Absprung war zuerst ein heller Knall zu hören, wie das Klatschen eines nassen Handtuchs auf einem Oberschenkel, dann folgte ein dumpfer, voller Schlag. Der Junge verschwand unter einer blühenden Fontäne. Das Wasser regnete auf die Steinplatten und Holzbänke. Ich spürte die Tropfen auf meiner Haut explodieren und wusste sofort, dass gerade etwas Außergewöhnliches passiert war: Anmutiger und melodiöser hatte ich bis dahin niemanden eine Arschbombe ins Dahlenberger Becken springen sehen. Hackenbarths Pfeife schrillte übers Becken, er brachte sich an der Einstiegsleiter in Stellung.

»Heilige Scheiße«, murmelte Hank.

»Wie hat er denn das gemacht, von der Höhe?«

Ich strich mir das Handtuch vom Kopf, hatte da schon vergessen, was ich weiter sagen wollte. Jonas neben mir regte sich nicht. Er hockte vorgebeugt da, der Schatten seines Handtuchs verbarg sein Gesicht.

»Mann Mann«, sagte Hank.

Der Junge zog sich an der anderen Beckenseite aus dem Wasser, nun wieder so dürr und schlaff wie zuvor. Hackenbarth baute sich vor ihm auf, ich konnte seine schnarrende Stimme hören, die ein paar Belehrungen herunterleierte. Dann gingen ihm aber irgendwie die Worte aus, er stand leicht zurückgelehnt vor dem Jungen und sah auf die tropfende, schmale Gestalt. Jetzt war es der Junge, der sprach, leise und eindringlich, den Kopf vorgeschoben, gegen das Geländer der Einstiegsleiter gelehnt, und Hackenbarth derjenige, der zuhörte. Dann griff er sich das Handtuch, drückte sein Gesicht hinein und verließ das Dahlenberger ebenso unauffällig wie er gekommen war.

Kapitel 3

Wir wohnten seit sechs Jahren in Dahlenberg, meine Mutter und ich. Dahlenberg war ein Kaff mit gut zweitausend Einwohnern, es gab die üblichen Vereine und die üblichen Gaststätten, hinter der Lärmschutzmauer dröhnte die Autobahn und die alte Kiesgrube war vor Jahren geflutet worden und heute ein See, in dem das Baden verboten war. Und es gab das Dahlenberger, unser Freibad.

Mein Vater war nicht mit nach Dahlenberg gekommen, sondern hatte sich für Frankfurt entschieden. Joachim arbeitete dort bei einer Versicherung. In den ersten Jahren war ich alle vier Wochen mit dem Zug nach Frankfurt gefahren, um ihn zu besuchen. Aber je älter ich wurde, desto öfter suchte ich einen Grund dafür, nicht nach Frankfurt fahren zu müssen. Joachims Anrufe wurden seltener. Zweimal hatte er schon meinen Geburtstag vergessen, aber das störte mich nicht weiter, weil er dann sein schlechtes Gewissen mit einer großzügigen Überweisung auf mein Girokonto wettzumachen versuchte. Für meinen Champion, schrieb er in den Verwendungszweck. Ich zerknüllte den Kontoauszug und warf ihn weg. Meine Mutter war im Großen und Ganzen ziemlich unglücklich. Nicht wegen ihres Jobs als Erzieherin in einem dieser überfüllten Kindergärten am Stadtrand, nicht wegen ihres niedrigen Einkommens oder der geringen Wertschätzung ihrer Arbeit – das waren alles Dinge, mit denen sie sich im Laufe der Jahre abgefunden hatte. Sie war unglücklich, weil sie wusste, dass hinter Dahlenberg nur noch die Streuobstwiesen kamen und dann nichts mehr. Natürlich versuchte sie, sich etwas anderes einzureden. Sie sang seit einigen Jahren einmal wöchentlich im Chor und hatte dort Freunde gefunden, mit denen sie am Wochenende Fahrradausflüge machte und in die Wirtshäuser der Umgebung einkehrte. Im Sommer kam sie dann Samstagabends später als ich nach Hause, lehnte das Fahrrad leise summend an die Hauswand, begann im Flur lauter zu singen, rief nach mir. Sie hatte einen Sonnenbrand auf den Wangen und der Nase, nahm mich in den Arm und drückte mich an ihren warmen Körper. Sie roch nach Trollinger und Weichkäse. Ich hab dich so verdammt lieb, sagte sie leise, und ich wusste, dass sie es nicht nur einfach sagte, sie meinte es so. Dann ließ sie mich wieder los und wankte in die Küche. Dort lehnte sie sich gegen die Spüle und sah hinaus in den Garten, eine einsame Frau am Ende eines heißen, flirrenden Tages.

Oma lebte seit zwei Jahren im Heim in Eschbach. Sie hatte es selbst so gewollt, nachdem Opa gestorben war. Mutter war ihr einziges Kind, ich ihr einziger Enkel. Wir hatten zusammen ihre Wohnung ausgemistet, die meisten der Möbel in ihr neues Appartement im Wohnstift bringen lassen, vieles aber auch verschenkt und weggeworfen. Oma hatte nicht lange getrauert, sie war schlichter geworden, aber auch fröhlicher, manchmal fuhr sie noch mit dem Bus nach Borndorf und klaute Süßigkeiten. Sie war noch nie erwischt worden, und ich war der einzige, dem sie von ihren kleinen Raubzügen erzählte. Sie klaute nie viel, nur Kleinigkeiten wie Kaugummis oder Schokoriegel und immer nur dann, wenn die Angestellte sich gerade nach etwas bückte oder im Lager nachsehen ging. Ich besuchte Oma nicht oft, ab und zu rief sie mich an und wollte wissen, ob ich eine Freundin habe und wie die Schule so laufe, und manchmal fuhren Mutter und ich an den Wochenenden zu ihr. Dann machten wir einen kleinen Spaziergang und aßen Kuchen. Oma wurde es schnell langweilig, sie trank dann zwei Gläschen Weinbrand und schlief in ihrem Sessel ein, und wir zogen die Tür leise zu.

Bisher war alles gut so gewesen, wie es war. Bisher hatte ich mir überhaupt keine Gedanken darum gemacht, dass das Ganze enden würde, einfach weil Dinge zu enden gingen, wir älter werden würden, weil einige von uns wieder wegzogen oder das Dahlenberger dicht machte. Ich hatte mich bis jetzt in einer Dauerschleife befunden, Sprung folgte auf Sprung, Sommer folgte auf Sommer. Bis zu diesem Tag im Lehrerzimmer, kurz vor den Sommerferien. Es war Nachmittag gewesen, ich saß meiner Lehrerin gegenüber, hinter den Lamellen der Jalousien staute sich die Hitze. Ich hatte nicht ihre Stimme, sondern nur das Platschen des Wassers gehört, war in Gedanken die Sprünge durchgegangen und hatte die Bewegungen unter dem Tisch mit den Händen nachgeahmt, während ich ab und zu nickte, damit sie noch glaubte, ich höre ihr zu. Mutter hatte mich von der Schule abgeholt, wir waren in die Stadt gelaufen und hatten uns unter den Schirm einer Eisdiele gesetzt.

»Such dir aus, was du willst«, sagte sie und lächelte mich unsicher über den Rand ihrer Karte an.

Ich nahm den Fruchtbecher: sechs Kugeln, Früchte, Sahne, Erdbeersoße, zwei Waffeln und Schirmchen. Ich aß nicht, ich schaufelte, schlürfte am Ende den geschmolzenen Rest direkt aus dem Becher auf und saß dann eine ganze Weile zähneklappernd und mit Magengrimmen Mutter gegenüber. Sie trank Cappuccino, schob sich minütlich ihre Sonnenbrille ins Haar und wieder über die Augen, ihre Hände suchten nach irgendetwas zu greifen.

»Und?« Sie sah mich kurz an, dann blickte sie wieder über die Tische auf die Gasse.

»Gut«, sagte ich.

»Gut?« Sie presste die Lippen aufeinander. »Was heißt gut?«

»Gutes Eis.«

»Ich meinte nicht das Eis.«

Ich zuckte die Schultern, drehte das Glas in meiner Hand. Es war beschlagen und feucht.

»Mensch Jan.« Sie beugte sich vor und nahm ihre Brille ab, klappte die Bügel ein. Ich wollte nichts anderes, als im Dahlenberger herumzuhängen und mit Jonas und Hank zu springen. Mutter hatte ihren Cappuccino getrunken, und wir sprachen auf der Rückfahrt kein Wort mehr über die Sache.

Kapitel 4

Der Nissan bog in den Parkplatz ein. Wir richteten uns auf, griffen nach unseren Rucksäcken und sahen das Gefährt langsam näherkriechen. Die Königin stieß die Tür auf und stemmte sich aus dem Sitz, eine kleine, untersetzte Frau in gepunkteter Bluse und Sommerrock. Sie blickte zu uns hinüber und wartete. Sie hatte nicht gerade die Statur einer Königin, sondern eher etwas Krötenhaftes an sich: einen runden Körper, von der Hitze geschwollene Beine und einen Kopf, der irgendwie im Hals steckengeblieben war. Aber ihr Blick war herrisch, und ihre langsamen, zurückgenommenen Bewegungen verliehen ihr etwas Unnahbares. Sie zog ihre Tasche vom Rücksitz und klimperte mit dem Schlüssel. Jonas ließ Speichel auf den Asphalt klatschen, Hank fummelte am Kickstarter seiner Hercules herum. Insgeheim bewunderte ich sie, ihre Gelassenheit, ihre scheinbare Unverletzlichkeit, die sie den Tag in stoischer Ruhe im Kassenhäuschen vor dem Radio verbringen ließ. Trotz ihrer Krötenhaftigkeit hatte sie etwas an sich, das ich nicht verstand, das sie aber zufrieden wirken ließ, egal, wie laut und durcheinander alles um sie herum war. Sie richtete sich ihren Sonnenhut, während sie zu uns herübersah, warf sich ihre Tasche über und schlappte langsam Richtung Kassenhäuschen. Diesmal erwischte es Hank. Er stand einige Augenblicke regungslos vor mir, ich konnte sehen, wie sich sein Nacken rötete, wie seine Hände leicht zu zittern begannen, während mir die Stimme der Königin im Ohr nachhallte. Jonas, Elli und Klara waren schon durch, ich stand hinter Hank, fühlte den Schweiß unter den Riemen meines Rucksacks und wollte ihm etwas zuflüstern, einen dummen Spruch, aber irgendwie ging seine Regungslosigkeit auf mich über. Ich begann mich auf meinen Atem zu konzentrieren und wurde nervös, überlegte, mich an Hank vorbeizudrängen, aber dann würde sie unter Garantie auch mich drannehmen. Also starrte ich auf meine Zehen, Hank rührte sich endlich und kramte nach seiner Karte. Er murmelte leise vor sich hin, während er das in Plastik eingeschweißte Ding auf den Holztresen klatschte und in das schattige Innere des Häuschens sah. Sein Nacken war mittlerweile fleckig als habe er einen Ausschlag. Aber dann geschah etwas, das so noch nie geschehen war: Die Königin lehnte sich in ihrem Stuhl ein Stück nach vorn, schob ihren Hut zurück und hielt gleichzeitig eine Pappschale mit Erdbeeren durch die Öffnung.

»Probiert mal. Sind ganz frisch, schmeckt man richtig die Sonne.«

Ich schluckte, auch Hank bekam leichte Schnappatmung. Dann griff er zu, nahm eine Erdbeere und steckte sie sich in den Mund. Ich zögerte, aber sie schob die Schale ein Stück in meine Richtung, dass ich nicht anders konnte. Die Dinger schmeckten wirklich gut, süß, fast künstlich. Ich sah die Königin lächeln, dann schob sie sich selbst eine Erdbeere in den Mund, lutschte am Fruchtfleisch und biss zu. Hank steckte seine Karte ein, und wir gingen langsam zu unserem Platz, wobei wir kein Wort sagten und nicht kapierten, was gerade passiert war.

Wir saßen im Schatten der Platane und spielten Karten. Es war windstill, über den Schirmen am Kiosk und den Holzbänken lag die Hitze wie etwas, dass man anfassen konnte. Wir hatten den Vormittag über ein paar einfache Bomben gesprungen, Anker, Reißer und Brett, dann einige Backflips. Wir hatten uns dabei wieder an den Jungen von gestern erinnert und daran, mit welcher Wucht und Eleganz er ins Becken gesprungen war.

»Das war kein Brett«, sagte Jonas und warf eine Acht ab.

»Zum Schluss schon. Da hat er die Beine abgewinkelt.« Hank deutete die Haltung kurz mit den Händen an. »Aber zuerst war der Salto da. Er hat zuerst den Salto gesprungen.«

»Da war kein Salto.« Ich spielte eine Neun.

»Klar war das ein Salto.«

»Dann wäre er ja drei Meter hoch gekommen.«

»Ist er auch.«

»Niemals.«

»Es war nur ein Brett. Nur ein Scheißbrett.« Hank klatschte eine Sieben auf den Stapel und grinste.

Wir spielten immer dann, wenn über Mittag die Hitze fast unerträglich wurde und selbst Rainer die Segel strich und sich hinter dem Kiosk in den Schatten hockte, um in der Sportbild zu lesen. Um diese Zeit fand im Dahlenberger ein langsamer Wechsel statt: Die Weißen packten ihre Sachen zusammen, Mütter steckten ihre Babys zurück in die Tragegestelle, die ersten Großfamilien hatten früh zu Mittag gegessen und standen schon am Eingang. Es war die Zeit, in der Hackenbarth in seinem Stuhl döste und die Königin die letzten Erdbeeren verdrückte. Ich konnte mich kaum auf das Spiel und die Karten konzentrieren. Einmal glaubte ich, meine Lehrerin steht drüben am Kiosk und trinkt ein Hefeweizen. Es fühlte sich an, als würde mir jemand mit der flachen Hand gegen die Stirn schlagen. Mir wurde flau, und ich blinzelte ein paarmal, starrte auf den Karobuben, und für Augenblicke hatte ich den Eindruck, als versuchte er, mir etwas zu sagen. Ich griff nach meiner Wasserflache und trank einige kräftige Schlucke, stieß auf. Die Lehrerin war nur irgendein fremder Badegast, der Karobube war nur aufs Papier gedruckt.

»Du bist dran.« Jonas pustete mir ins Gesicht.

Ich schreckte hoch und warf den Buben auf den Kartenhaufen. Wir spielten die Runde zu Ende, Klara gewann. Dann streckten wir uns aus. Drüben am Kiosk kritzelte Rainer die aktuelle Lufttemperatur auf die Tafel: 33 °C. Wir schwitzten schon vom Atmen. Hank und Klara sprachen leise miteinander, manchmal kicherte Klara übertrieben und boxte Hank gegen den Oberarm. Jonas und Elli dösten neben mir. Ich blinzelte gegen die Müdigkeit, die Hitze dünnte die Körper aus. Klara legte jetzt ihren Kopf auf Hanks Bauch, er zwirbelte ihre Haare. Obwohl ich die beiden wahrscheinlich besser kannte als meine Mutter oder Joachim, kam mir ihr Getue plötzlich lächerlich vor. Ich wollte ihnen zurufen, dass sie doch Freunde seien, alles andere mache die Sache nur kompliziert. Aber vielleicht kapierte ich auch nicht, dass das Ganze harmlos war, nur ein paar kleine Berührungen, wie sie jeden Tag vorkamen, beide würden abstreiten, es irgendwie ernst zu meinen. Ich richtete mich auf, sah über die beiden hinweg Richtung Kiosk und wollte gerade Jonas fragen, ob wir noch ein paar Sprünge machen wollten, als ich den Jungen erkannte. Er wuchs neben dem Kiosk aus dem Boden, zuerst sein Kopf, dann der Oberkörper mit dem übergeworfenen Handtuch, zuletzt die schwarzen Shorts, seine dünnen Beine. Er hatte das Duschbecken erreicht und blieb davor stehen, sah hinüber zum Becken. Ich stieß Jonas an. Der Typ stand da, als handle es sich dabei nicht um die Dusche im Dahlenberger, sondern um ein tiefschwarzes Loch, das er mit irgendeinem Trick überwinden musste.

»Guck mal«, sagte ich.

Jonas richtete sich auf.

»Der Typ von gestern.« Ich griff nach meinem Handtuch und stand auf. »Der mit den Bomben.«

Der Junge stakste durchs Duschbecken ohne sich abzubrausen, blieb neben der Bank stehen und sah auf seine nassen Füße. Normalerweise achtete Hackenbarth sehr genau darauf, dass sich jeder, der sich seinem Becken näherte, vorher unter die Dusche stellte. Es diente nicht nur der Hygiene, wie uns Hackenbarth schon mehrmals in einer Standpauke erklärt hatte, sondern auch der Gewöhnung.

»Oder willst du quicklebendig reinspringen und als Leiche wieder auftauchen? Alles schon passiert.«

Die Physiologie war auf seiner Seite, Kehlkopfschock nannte er den todbringenden Vorgang und lächelte dabei wie einer, der uns ein uraltes Geheimnis verraten hatte. Jetzt aber saß Hackenbarth regungslos in seinem Stuhl unter dem Schirm, den Panamahut so weit in die Stirn geschoben, dass nicht zu erkennen war, ob er schlief oder müde das Becken überblickte. Der Junge hockte sich hin, warf sich das Handtuch über den Kopf und starrte ins Becken, und die Spiegelungen des Wassers machten sein Gesicht fast durchsichtig.

Wir folgten ihm ans Becken, nicht hastig, mit der nötigen Verzögerung, die es brauchte, um es nicht wie abgesprochen aussehen zu lassen. Jetzt saßen wir nebeneinander auf der Bank, die Handtücher ebenfalls über den Köpfen gegen die Hitze und warteten, was passieren würde.

»Mal sehen, was er noch draufhat.« Jonas verschränkte die Arme vor der Brust.

Der Junge regte sich nicht, hockte da und knetete seine Finger. Es war kurz vor zwei. Vor dem Brett begann sich eine Schlange zu bilden, die Knirpse sahen abwechselnd zu Hackenbarth und hinauf zur Uhr, die auf dem Dach des Geräteschuppens angebracht war. Ich hatte den Jungen noch nie gesehen, weder in Dahlenberg noch in Borndorf, und er kam mir wie einer vor, der nicht aus dieser Gegend kam, der nicht aus diesem Land kam, vielleicht nicht mal von diesem Kontinent.

»Erinnert mich an irgendwen«, sagte Klara.

Das war alles, was sie sagte. Obwohl ich mir sicher war, ihn nicht zu kennen, hatte ich das gleiche Gefühl. Ich behielt es aber für mich, lehnte mich nach vorn und zog mir das Handtuch vom Kopf.

»Vielleicht springt er den Doppelten.«

»Frag ihn doch.«

Der Junge und Hackenbarth standen zeitgleich auf. Aber während sich Hackenbarth aus seinem Stuhl stemmte, den Panamahut zurechtrückte und mit schlurfendem Gang die wenigen Meter zum Brett zurücklegte, eilte der Junge mit federnden Schritten am Becken entlang, den Körper nach vorn geneigt, die Arme angelegt. Er erreichte vor Hackenbarth das Brett und umfasste das Geländer. Hackenbarth blieb stehen, legte eine Hand aufs Schild, nahm es aber noch nicht weg. Sie standen sich schweigend gegenüber, der Junge mit in Falten gelegter Stirn, Hackenbarths Gesicht im Schatten, und wieder wurde das Dahlenberger zur Kulisse für etwas, das wir zwar sehen, aber nicht wirklich begreifen konnten. Der Junge schüttelte die Beine aus und stieg aufs Brett. Langsam ging er nach vorn, sah aufs Wasser hinunter.

Er war schmal und hühnerbrüstig, aber als er zu federn begann, spannte sich sein Körper an, und mit jedem weiteren Schwung wurde er kräftiger, geformter. Dann setzte er erneut eine perfekte Bombe ins Becken. Er sprang wie beim ersten Mal, spreizte die Beine aber kurz vor dem Aufprall weit auseinander. Der folgende Knall war heller, fast scheppernd und das Wasser stieg kugelig auf. Der Junge tauchte unter der Fontäne hindurch und zog sich an der Einstiegsleiter aus dem Wasser. Wir hielten still, keiner sagte etwas. Vielleicht ging es einfach vorbei, wenn wir es ignorierten. Der Junge drückte sein Gesicht ins Handtuch, wrang beide Hosenbeine aus und strich sich das Haar aus dem Gesicht. Und dann sah er zum ersten Mal zu uns herüber.

Sein Blick war weder herausfordernd noch interessiert. Er schaute uns an wie er jeden anderen auch anschaute, den er zuvor mit seinem Sprung beeindruckt hatte: als müsse er jeden Moment gähnen. Er zog einen Mundwinkel nach oben, ich wusste nicht, ob es ein Lächeln sein sollte oder ob er uns verhöhnte. Dann ging er los, das Handtuch über der Schulter, der rote *Slayer*-Schriftzug brannte an seinem Hals. Jonas sah mich an und stand auf. Wir folgten ihm mit Abstand, am Kiosk vorbei, entlang der Umkleiden. Er sah sich kein einziges Mal um, und wir vermieden es, ihn direkt anzustarren. Auf den Steinplatten waren die dunklen Wassertropfen gut zu sehen, die er beim Gehen verlor. Am Kassenhäuschen blieb er vor dem Drehkreuz stehen, beugte sich vor und lugte durchs Fenster zur Königin hinein. Wir konnten nicht sehen, ob er mit ihr sprach. Klackend schob er sich durchs Drehkreuz, wir blieben dahinter. Über den Autodächern flimmerte die Hitze, es roch nach fauligen Äpfeln. Der Junge stand am Unterstand und beugte sich über sein Rad. Ich sah zu Jonas, dann zu Hank. Ihre Gesichter waren gerötet, ihre Blicke ratlos. Die Mädchen waren am Kiosk unter einem der Schirme stehengeblieben und beobachteten uns von da. Der Junge zog sein Fahrrad aus dem Ständer und warf es herum. Es war ein altes Klapprad, von dem schon der Lack abgesprungen war. Er stieg auf und eierte zwischen den Autos davon. Ich konnte Jonas neben mir Luft auspusten hören, und obwohl er nichts sagte, wusste ich, dass er kurz davor war loszusprinten, den Spacko vom Rad zu zerren und ihn in die Mangel zu nehmen. Aber dann zuckte er nur die Schultern, drehte sich um und ging zum Kiosk zurück. Hank folgte ihm. Ich blieb noch einige Augenblicke am Drehkreuz stehen, sah den Jungen zwischen den Fahrzeugen schwanken und schnell kleiner werden. Ich zog die Schultern hoch und ging zu den anderen zurück.

»Der kommt nicht von hier.«

»Zumindest nicht aus Dahlenberg.«

»Vielleicht Ausländer. Aus Borndorf. Da gibt's doch diese Container.«

»Sieht eher aus wie ein Zwerg.«

»Habt ihr den Blick von dem gesehen. So ein Schizoblick. Die kenne ich.« Hank lehnte sich nach vorn, schlürfte an seiner Dose.

»Vielleicht ist er irgendwo abgehauen.«

»Auf jeden Fall springt er ziemlich gut.«

»Wie ein Irrer.«

Jonas fitzte Hank sein Handtuch über die Schulter. Hank schnellte zurück, dass er fast vom Stuhl kippte und warf seine leere Cokedose Richtung Jonas. Der drehte sich aber weg, und die Dose schepperte auf den Boden. Wir bekamen ein paar gestresste Blicke von den Weizenbiertrinkern ab. Ich zog die Frittenschale zu mir und drückte meine Finger ins Salz.

»Ich wette, der kann den Doppelten.« Jonas zuckte nur die Schultern, leckte die Flüssigkeit vom Deckel seiner Dose.

»Der ist mindestens einen halben Meter höher gekommen als wir.«

»Sieht nur so aus.«

»Der war sicher drei Meter in der Luft.«

»Und als nächstes wächst ihm ein Propeller aus dem Arsch.«

Als Hackenbarth um drei das Brett freigab, hockten wir wieder am Becken, die Handtücher über den Köpfen und warteten. Aber der Junge tauchte nicht auf, und Hackenbarth verhielt sich unauffällig. Nur die Knirpse waren verändert: Sie rannten nicht mehr einfach los, sondern stellten sich wie der Junge an die Spitze des Bretts und begannen, die Arme seitlich ausgebreitet, den Blick aufs Wasser gerichtet, zu federn. Natürlich erreichten sie nicht die Bombengewandtheit des Jungen, aber es war ihnen deutlich anzusehen, wie beeindruckt sie von den beiden Sprüngen waren.

Den Rest des Nachmittags verbrachten wir im Schatten unter der Platane. Wir spielten Karten, ich fachsimpelte mit Hank und Jonas eine Weile, dann dösten wir. Ich lag auf dem Rücken, blinzelte hinauf ins Laub. Ich sah das Gesicht meiner Lehrerin vor mir, die mir aufmunternd zulächelte, ich sah Mutters bemühte Augen, hörte Joachims Stimme in der Leitung knacken. Ich hatte das Gefühl, in ein Becken mit Eiswasser einzutauchen, geräuschlos und ohne noch einmal Luft zu holen. Ich schreckte hoch. Zwei Fliegen torkelten über mir durch die Luft. Ich wischte mir übers Gesicht, sah zu Jonas, zu Elli und merkte, dass ich eine Gänsehaut hatte. Ich zog das Handtuch zu mir und warf es mir über die Schultern.

»Kalt?« Klara sah zu mir.

»Irgendwie.«

Langsam zog der Nachmittag vorüber. Feierabendler kamen auf eine kurze Abkühlung ins Dahlenberger, die Familien verschwanden nach und nach. Das Becken leerte sich, während sich die Plätze vor dem Kiosk füllten und Rainer kurz vor Schließzeit nochmal alles geben musste. Der Tag im Dahlenberger endete wie jeder andere auch: Hackenbarth machte seine Runden, sammelte vergessene Handtücher und Badelatschen ein, begann mit einem Schlauch die Holzbänke und Steinplatten abzuspritzen, goss die Beete. Die Königin zählte die Tageseinnahmen und ließ sich von Rainer ein Radler bringen. Wir standen am Unterstand, gähnten und schlossen unsere Räder auf. Das Chlor brannte in den Augen, die Hitze hatte uns ausgelaugt. Ich war trotzdem aufgedreht, hielt Klaras Rad am Gepäckträger und ließ sie nicht fahren.

»Ich hab Hunger.« Sie zog eine Grimasse.

»Dann musst du wohl verhungern.«

»Viel einfacher.« Sie stieg ab, und plötzlich hatte ich das ganze Gewicht des Rads in einer Hand. Ich ließ los, das Ding schepperte zu Boden.

»Du kannst es mir später vorbeibringen.«

Sie ging zwischen den Autos durch, schwang sich ihre Tasche über die Schulter.

»Klara«, rief ich.

»Ich dich auch.«

Jonas und ich fuhren langsam durch die warmen Straßen Dahlenbergs. In den Gärten schnurrten die Sprinkler und Rasenmäher, es roch nach Gegrilltem. Am Burggraben, wo wir uns normalerweise trennten, blieben wir weiter zusammen, fuhren hintereinander die leichte Steigung hinauf, an der Kirche vorbei, rechter Hand die Grundschule. Dann bogen wir in den Dammweg ein, der uns auf der leicht abschüssigen holprigen Straße wieder hinaus aus Dahlenberg führte, an den Altglascontainern vorbei. Das Vereinsheim tauchte vor uns auf, dann der Sportplatz. Wir bogen in den Feldweg Richtung Borndorf ein und fuhren weiter, bis wir die Autobahnbrücke erreichten. Dort stiegen wir ab, lehnten unsere Räder ans Geländer und sahen hinunter. Jonas klopfte sich eine Zigarette aus der Packung.

Ich hatte keine Ahnung, was wir hier sollten.

Jonas sah mich an.

»Was ist eigentlich mit dir und Klara?«, fragte er.

Ich hatte keine Lust, über Klara zu reden. Jonas kam näher und legte mir einen Arm um die Schulter.

»Ich glaub, sie bläst ganz gut«, sagte er.

Ich sah hinunter auf die vorbeirasenden Fahrzeuge. Jonas' Arm lag warm und fest um meinen Hals, ich konnte die feinen Härchen spüren, die mir im Nacken kitzelten.

»Erzähl mir nicht, dass du es dir nicht schon mal vorgestellt hast.« Er pustete Rauch aus. »Wie sie vor dir in die Knie geht und dann lustvoll mmh, mmh, mmh macht.«

Ich sagte noch immer nichts. Ich hatte es mir schon ein paar Mal vorgestellt, mit Klara, mit Elli, in den Duschkabinen oder bei mir im Zimmer. Meistens morgens, wenn ich noch nicht ganz wach war. Es dauerte aber jedes Mal eine halbe Ewigkeit bis unten etwas ankam. Ich stellte sie mir in ihren Bikinis vor, wie ich das Oberteil herunterzog oder in den Slip fingerte. Kurz bevor ich kam, schossen mir andere Bilder dazwischen, irgendwelche Arme, ein nasser Rücken, ich sah Hank auf der Hercules, Jonas auf dem Rad.

Ich ging in die Mitte der Brücke und lehnte mich übers Geländer. Ein Lkw bretterte unter mir durch, der Boden zitterte, und ich spürte den Sog des Aufliegers. Niemand konnte mich zu irgendetwas zwingen, niemand konnte in meinen Kopf und den Schalter umlegen, aber genauso wenig gab es jemanden, der mich an der Hand nehmen und von dem ich mich einfach nur ziehen lassen konnte. Ich sah den Autos hinterher, lehnte mich in den Lärm. Jonas legte seine Arme um meinen Oberkörper und drückte zu, hob mich ein Stück an, dass mir ein Flipflop vom Fuß rutschte. Ich wartete ab, aber Jonas sagte nichts. Ich konnte nur seinen Atem hören, er hob mich noch weiter an und drückte mich gegen das Geländer. Die Autos rasten weiter unter uns hindurch, und kurz fragte ich mich, was ich täte, wenn ich zwei Halbwüchsige auf einer Brücke in enger Umklammerung sehen würde.

»Ich könnte dich runterschmeißen«, flüsterte Jonas dicht an meinem Ohr. »Ohne dass du dich wehren kannst.«

»Ich halt mich einfach an dir fest«, flüsterte ich, »dann fallen wir zusammen.«

Ich spürte, wie Jonas von der Anstrengung zu zittern begann. Ich spürte seinen Brustkorb an meinem Rücken, er atmete schneller und gepresster. Dann ließ er mich los und lehnte sich neben mir ans Geländer. Wir sahen uns an. Die Augen gerötet vom Chlor, die Haut brannte.

»Mach mal was mit Gewichten«, sagte er und lächelte.

Kapitel 5

Als der Junge auch am dritten Tag im Dahlenberger auftauchte, glaubten wir nicht mehr an Zufall. Der Morgen war wolkenverhangen. Als wir das Dahlenberger erreichten, saß die Königin bereits im Kassenhäuschen und ließ uns ohne aufzusehen durch. Hank vermutete, dass sie krank sei, Jonas flüsterte, sie habe sicherlich Stress mit Hackenbarth. Vielleicht war sie ja doch eine Amphibie und abhängig von der Wärme ihrer Umgebung.

Ich stand zähneklappernd am Rand der Dusche und wickelte mich in mein Handtuch. Hank brauste sich gerade ab und schüttelte sich wie ein Hund. Das Wasser kam mir heute kälter vor, kälter und härter, es hatte sich angefühlt wie Hagel oder kleine Kiesel.

Langsam ging ich hinüber zur Bank und hockte mich neben Jonas, der sich gerade von Elli Feuer geben ließ.

»Lass mich mal ziehen.«

Ich nahm ihm die Kippe aus der Hand. Ich hatte mich nie ans Rauchen gewöhnt, nicht, weil ich Schiss vor Krebs hatte oder mich die schwarzen Lungen und abgesägten Beine einschüchterten, die sie uns in der Schule zeigten, sondern weil es mir einfach nicht schmeckte, genauso wie ich Kaffee nicht abkonnte. Als ich jetzt an Jonas' Kippe zog, musste ich fast würgen. Der Rauch war ranzig und bitter.

Ich zog auf Lunge und merkte sofort, wie mir schwindelig wurde. Ich lehnte mich nach vorn.

»Alles okay?« Jonas grinste.

Ich konnte ihm ansehen, dass er sich darauf freute, mich gleich ins Rosenbeet kotzen zu sehen, und noch mehr freute er sich auf Hackenbarths Gemaule, was mich den Vormittag auf dem Brett kosten würde. Ich pustete den Rauch aus und fühlte eine angenehm taube Wärme in meinen Armen. Ich gab ihm die Kippe zurück und zog mir das Handtuch von den Schultern. Ich fragte mich, ob ich krank werden würde, denn es war schon komisch, im Hochsommer plötzlich zu frieren. Vielleicht war es aber auch nur ein kurzer Anfall, etwas, dass schnell wieder vorbeiging. Ich wackelte mit den Zehen, sah Jonas dabei zu, wie er vorn am Becken in die Hocke ging und mit einer Hand ins Wasser fasste.

»Vielleicht gibt's ein Gewitter«, sagte Elli.

»Vielleicht.«

Wir sahen beide in den Himmel. Schwalben schossen um die Platane herum, die Wolken waren fleckige Kleckse.

»Soll ich dir noch eine anzünden?«

Elli sah mich mit zusammengekniffenen Augen an. Ich schüttelte nur den Kopf. Jonas kam zurück, zog die Schultern hoch und ging auf die Zehenspitzen. Hank und Klara waren noch immer drüben an der Dusche, ich konnte nicht genau sehen, was sie da machten. Sie standen dicht zusammen, und Hank zeigte Klara etwas, das er in der Hand hatte. Ich ging langsam am Becken entlang und ließ die kleinen Wellen über meine Füße schwappen. Hackenbarth fischte mit einem Netz nach Blättern, seine Schritte knatschten und hinterließen feuchte Abdrücke. Ich fröstelte noch immer, aber ich wollte mir nichts anmerken lassen, zog die Schultern hoch. Ich musste mich nur auf die Sprünge konzentrieren, dann käme alles andere von selbst, die Wärme, die Gewissheit. Ich blieb am Brett stehen und legte meine Hand auf die raue Oberfläche. Bis kurz nach Mitternacht hatte ich noch Videos geschaut, kurze Filme von Showspringen oder Weltmeisterschaften, unterlegt mit wummernden Beats und bearbeitet mit Slowmotion- und Freeze-Effekten. Die meisten Springer trugen Neoprenanzüge oder Bandagen an Händen oder Füßen und stürzten sich in einer Kombination aus Schrauben und Salti in die Tiefe. Ich hatte die Filmchen immer dann kurz angehalten, wenn eine schwarze Badehose ins Bild kam, aber alle Springer in den Videos waren ziemlich durchtrainiert und kräftig und hatten nichts mit der Hühnerbrust gemein, die in den letzten beiden Tagen im Dahlenberger vom Brett gesprungen war. Trotzdem musste der Junge seine Sprünge irgendwo gelernt haben. So perfekt, wie er sprang, war ich mir ziemlich sicher, dass er in seiner Altersklasse zumindest schon zu den Besten gehörte. Und wer zu den Besten gehörte, tauchte früher oder später bei einem der Showspringen oder einem Turnier auf, wo alle Sprünge gefilmt wurden. Das war sowas wie der Ritterschlag: im Netz sein eigenes Video zu haben mit mehreren Tausend Views.

Ich stieg auf einen der Startblöcke und sah übers Becken, sah Hank, Jonas, Elli und Klara drüben auf der Bank, sah die Weißen in gleichmäßigen Zügen durchs Wasser ziehen. Ich holte nochmal Luft und sprang, tauchte ein und igelte mich ein. So sank ich schnell auf den Grund des Beckens.

Ich hockte mich im Schneidersitz hin, ruderte gegen den Auftrieb und ließ Blasen aufsteigen. Ich konnte die Bewegungen der Schwimmer über mir wahrnehmen, das Licht brach sich im Wasser und fächerte auf. Es war fast unmöglich, nicht an den nächsten Atemzug zu denken. Ich blähte die Backen und sah plötzlich vor mir, wie sich mein Körper unter Wasser langsam aufzulösen begann, wie kleine Fische an meinen Zehen nagten und die Nasenlöcher ein Stück hinaufschwammen, wie sich Krebse in meinen Ohren Höhlen einrichteten und aus meinem Arsch eine Muräne glotzte. In meinen verkalkten Haaren nisteten Seesterne und zwischen meinen Füßen machten es sich ein paar Seegurken gemütlich. Dann hörte ich über mir ein dumpfes Ploppen, ich tauchte auf und starrte in Hackenbarths schmales Bademeistergesicht, das wie glattpoliert über mir glänzte.

»Willst du dich ersaufen Junge?« Hackenbarth fasste mich am Arm und zog mich aus dem Becken. »Himmel nochmal.«

Er kniete neben mir, seine Trillerpfeife baumelte von seinem Hals. Ich versuchte ein Lächeln, schüttelte den Kopf und rieb mir das Wasser aus den Augen. Hinter ihm konnte ich Jonas und Hank sehen.

»Nur tauchen«, sagte ich.

Hackenbarth richtete sich auf, umfasste die Stange seines Keschers. »Die nächste Stunde will ich dich nicht im Wasser sehen, kapiert?«

Ich nickte und stand langsam auf.

»Alles klar?« Jonas legte mir die Hand um die Schulter.

Ich presste die Lippen zusammen. Trotz des Wassers hatte ich das Gefühl zu schwitzen.

»Ich bin okay«, sagte ich, ging hinüber zur Bank und setzte mich.

Jonas stieß mich an, und obwohl er kein Wort sagte, wusste ich sofort, was los war. Ich sah den Jungen drüben an der Dusche stehen, das schwarze Handtuch über die Schulter geworfen.

Irgendetwas an seinen Bewegungen, an der Art, wie er am Wasser stand, sich vorbeugte, sich das Handtuch über die Schultern warf, war besonders und zwang einen, hinzuschauen. Ich stand auf und ging zwischen den Badetüchern langsam in Richtung Dusche. Ich sah Hank und Klara vom Kiosk her näherkommen. Wir warteten, bis der Junge das Duschbecken durchquert hatte und sich auf die Bank hockte, bevor wir uns nicht weit von ihm ebenfalls hinhockten. Jonas blieb drüben an der Dusche stehen und rauchte, dann tauchte auch Elli neben ihm auf und die beiden sprachen kurz miteinander.

»Der ist ganz sicher wo abgehauen«, sagte Hank.

»Du bist doch auch aus dem Zoo entlaufen.« Klara zwickte Hank in die Schulter.

»Soll ich ein Date mit dem Typ ausmachen? Hey du, Klara will ...«, Hank hatte begonnen zu brüllen, aber Klara zog ihm mit dem Handtuch eins über und zischte, er solle sein Maul halten.

Der Junge hatte davon nichts mitbekommen. Er stand auf, und als er am Becken entlang in Richtung Brett tappte, wurde mir allmählich klar, warum er so aus der Reihe fiel. Er bewegte sich langsam und gemächlich wie die Weißen, er blieb stehen und starrte für einen Augenblick auf einen Punkt, wo keiner außer ihm etwas entdeckte. Sein Blick ging an den Leuten vorbei, durch sie hindurch, als seien es alles Geister, die er nur anpusten musste und sie würden verschwinden. Diesmal sprang er eine klassische Arschbombe: zwei bis dreimal federn, dann den richtigen Absprung erwischen, die Beine an den Körper ziehen und einen Katzenbuckel machen. Wir hatten es schon hunderte Male so gemacht, aber trotzdem kam es mir so vor, den Sprung das erste Mal zu sehen. Der Junge flog wie eine abgefeuerte Kugel und krachte dann mit dem Oberkörper zuerst ins Wasser, wobei er im letzten Moment die Knie nach außen drehte und wie ein meditierender Yogi versank. Die Fontäne rollte übers Becken und ließ zwei Reihen knallender Wellen über die Rinne auf die Steinplatten schwappen, wo sie auch einige Handtücher und Badelatschen erwischten. Ein paar Knirpse jubelten und klatschten Applaus. Von uns regte sich keiner, nicht mal Klara. Ich suchte das Becken nach dem Jungen ab, konnte ihn aber nirgends entdecken.

»Ist nur eine halbe Portion, und dann so ein Ding.« Hank kaute auf seiner Lippe.

»Von dem könnt ihr noch was lernen«, sagte Klara.

Ich stand auf, sah Jonas drüben bei der Dusche, wo er lässig stand und mir zunickte. Jetzt war auch wieder der Junge da. Er schlurfte am Becken lang, klatschnass, das Handtuch wie einen Schal umgewickelt. Wir verhielten uns wie Kinder, die ein Spiel ausgemacht hatten, bei dem der eine Detektiv und der andere Verbrecher spielt. Wir folgten ihm mit einigem Abstand, ließen uns von den Tropfen leiten, die von seinen Shorts auf die Steinplatten fielen und eine gut sichtbare Spur bildeten. Am Drehkreuz blieb er stehen, schüttelte sein Handtuch auf und drehte sich um. Ich machte einen Schritt zur Seite, knallte fast mit einem Knirps zusammen, fixierte die Uhr auf dem Dach des Geräteschuppens. Wir folgten ihm hinaus auf den Parkplatz zum Fahrradunterstand. Dort wartete er auf uns, obwohl er nicht in unsere Richtung sah und sein schlaksiger Körper eine entspannte Gleichgültigkeit ausdrückte. Wir zögerten. Vielleicht warteten hinten am Mühlenweg noch mehr von seiner Sorte, und er brauchte nur einmal zu nicken, und sie würden auf ihren Klapprädern heranzischen und uns in die Mangel nehmen. Aber es passierte nichts. Der Junge stand mit dem Rücken zu uns, ich konnte ihn atmen sehen, auf seinen Schultern glitzerten letzte Tropfen, sein Haar pappte wie aufgemalt an seinem Schädel. Schließlich war es Jonas, der zwei Schritte auf den Jungen zuging und die Arme vor der Brust verschränkte.

»Wie heißt du?«

Der Junge drehte sich um und sah uns der Reihe nach an. Sein Blick verriet nichts, keine Angst, keine Schüchternheit, weder Mut noch Verwegenheit.

»Bist du taub?« Jonas zog eine Grimasse als habe er sich eine Handvoll saurer Würmer in den Mund geschoben.

Der Junge sah zu Boden, als habe er etwas verloren. Automatisch sah ich auch nach unten, aber da waren nur der dunkle warme Asphalt und plattgetretene Kaugummis. Das Geschrei und Geplatschte aus dem Dahlenberger war hier draußen kaum noch zu hören, mir kam es so vor, als habe jemand die Regler heruntergefahren. Im Gegensatz dazu waren wir plötzlich ziemlich laut: Ich konnte Hank neben mir atmen hören, hinter mir schniefte Klara, Elli knetete ihr Handtuch.

»Du bist nicht aus Dahlenberg.« Klara schob sich an mir vorbei. »Bist du wo abgehauen?«

»Der ist ganz sicher abgehauen.« Hank wischte sich den Schweiß von der Stirn.

»Du springst ziemlich gut«, sagte ich, »bist du in einem Team?«

»Deine Bomben sind nicht schlecht.«

Er sah auf, sah uns an, als habe er wirklich kein Wort verstanden, dann kniff er die Augen zusammen und sah in den Himmel.

»Andy«, sagte er schließlich.

Seine Stimme war unscheinbar, nicht die eines Kindes, aber auch noch nicht so tief wie bei Jonas, Hank oder mir. Jonas machte sich gerade, er sah zu uns, dann nahm er den Jungen wieder ins Visier.

»Hör zu, Andy: Im Dahlenberger gibt es ein paar Spielregeln. Du kannst hier nicht so einfach reinspazieren und springen wie es dir passt, klar? Da läuft hier nicht. Wir alle haben was dafür tun müssen.« Er sah zu uns, lächelte. »Im Kassenhäuschen liegt der Generalschlüssel. Den holst du. Wie du es anstellst, ist mir egal. Mitternacht treffen wir uns wieder hier. Wenn du's packst, bist du dabei. Wenn nicht, ist das Dahlenberger für dich gestorben.«

Andy sah uns an. Und dann nickte er, als habe ihm jemand eine sehr einfache Frage gestellt. Selbst Jonas sah ihn für Augenblicke überrascht an, zuckte mit den Achseln und kam zu uns zurück. Schweigend warteten wir noch einige Augenblicke, aber der Junge rührte sich nicht von der Stelle.

»Komischer Typ.«

Langsam schlenderten wir zurück. Während die anderen zu unserem Platz gingen, blieb ich noch einmal am Kassenhäuschen stehen und sah mich um. Andy stand da und starrte in den Himmel wie einer, der das Fliegen beherrschte, aber nicht wusste wozu.

»Du glaubst doch nicht wirklich, dass er an den Schlüssel rankommt.«

»So wie der springt, warum nicht?«

»Glaub ich nicht, nie im Leben.«

Wir saßen am Becken, Hank hatte eine Tüte weiße Mäuse gekauft, und wir griffen abwechselnd hinein, kauten und pulten uns das klebrige Zeugs wieder aus den Zähnen.

»Und wenn er's doch schafft?« Klara hielt eine Maus zwischen ihren Zähnen und riss ihr den Kopf ab.

»Schafft er nicht.«

»Wenn doch?«

»Dann ist er ein ziemlich krasser Typ.«

»Und Hackenbarth sperrt uns lebenslänglich.«

»Jetzt krieg dich wieder ein.«

»Ich meins ernst. Die Königin ist fies, aber nicht dumm. Und Hackenbarth kennt uns viel zu gut.« Hank lehnte sich zurück und spuckte ins Beet.

Hank hatte nicht ganz unrecht: Bislang hatte es für uns keinen Anlass gegeben, es draufankommen zu lassen, und ich fragte mich jetzt, ob es die Sache überhaupt wert war. Keiner wusste, wie Hackenbarth und die Königin reagieren würden, sollte der Junge tatsächlich den Schlüssel klauen. Sicher war nur, dass sie uns als eine der ersten verdächtigen und in die Mangel nähmen. Gleichzeitig war ich gespannt darauf, was Andy anstellen würde, um aus der Nummer wieder rauszukommen. Das leichteste für ihn wäre sicher, einfach zu verschwinden und sich nie wieder im Dahlenberger blicken zu lassen, aber daran glaubte ich nicht. Ich kaute auf meiner Maus herum und sah übers Becken. So einer wie Andy konnte nach den drei Sprüngen nicht einfach wieder verschwinden.

»Ich finde ihn aber irgendwie schon interessant«, sagte Elli.

»Und wenn er ein Perverser ist?«

»Besser als ein Langweiler.«

»Und wenn er Nachts vor deiner Tür steht?«

»Dann biete ich ihm eine Kippe an.«

Wir blieben noch einige Zeit am Becken hocken. Hackenbarth gab die nächste Runde frei, aber keiner von uns sprang. Wir sahen den ungelenken Sprüngen der Knirpse zu, jemand rief Jonas' Namen, aber der reagierte nicht. Er saß neben mir, das Handtuch über dem Kopf und kaute ausgiebig Auch als er die letzte Maus geschluckt hatte, arbeiteten seine Kiefer noch weiter. Irgendwann stand er auf, warf sich das Handtuch über die Schulter und sagte, er werde jetzt gehen. Es war das erste Mal, dass er so früh das Dahlenberger verließ. Ich sah Hank an, Klara, Elli, aber die zuckten nur mit den Schultern. Ich stand auf und folgte Jonas zu unserem Platz.

»Was ist los?«

Jonas rollte sein Handtuch zusammen, stopfte es in den Rucksack und schlüpfte in sein Shirt.

»Nichts ist los.«

»Wir haben noch drei Stunden.«

»Hab Kopfschmerzen.«

Er ging an mir vorbei, rempelte mich an, und ich war kurz davor, ihn am Arm zu packen und ihm auch eine mitzugeben. Aber ich tat nichts, sah Jonas langsam in Richtung Kiosk schlendern. Seine blonden Haaren standen ihm stumpf um den Kopf, sein Shirt schlabberte um seine Hüften. Er blieb noch einmal stehen, hob einen Arm.

»Bis heute Nacht«, sagte er, und dann sah ich, dass er lächelte.

Hank und ich sprangen noch ein paar Backflips. Beim Dritten kam ich nicht richtig vom Brett und klatschte mit dem Gesicht ins Wasser. Als ich auftauchte, brannten meine Augen und meine Nase, ich schnaubte Wasser aus, hustete und hatte für heute genug. Das Dahlenberger kam allmählich zu Ruhe. Wir fläzten müde auf unseren Handtüchern und sahen den Mücken über der Liegewiese bei ihren Tänzen zu. Als wir das Bad verließen, taten wir es schweigend und leise, wie eine Gruppe Verschwörer, die schon wusste, wie sich die Dinge entwickeln würden, bevor sie überhaupt geschahen.

Auf dem Heimweg hielt ich an der Einfahrt zu Jonas' Grundstück. Er lebte mit seinen Eltern in einem Haus, auf dessen Dach Gras wuchs, bei Dunkelheit konnte man trotz der dichten Büsche, die das Gelände abschirmten, ins Wohnzimmer schauen. Jonas' Vater lag seit dem Winter aber die meiste Zeit in einem abgedunkelten Raum auf den Boden und knetete einen Tennisball. Jonas' Mutter arbeitete halbtags in Borndorf in der Damenabteilung eines Kaufhauses. Immer, wenn ich sie sah, dachte ich an den heißen Nachmittag vor ein paar Jahren, als sie Jonas und mich zu einem Badesee mitgenommen hatte. Als sie sich aus dem Wasser zog, war ihr roter Badeanzug verrutscht und eine ihrer Brustwarzen schaute heraus. Auf dem Steg griff sie hin und sorgte wieder für Ordnung, und sie lächelte dabei, als sei es das normalste der Welt, während ich mich an der Leiter festhielt und bibbernd fünf Minuten wartete, bis ich hinauskletterte.

Ich schob das Rad die Einfahrt hinauf, hockte mich dem Eingang gegenüber und schrieb Jonas eine Nachricht. Kurz darauf öffnete er die Tür, blieb aber auf der Schwelle stehen.

»Geht's wieder?«

»Hab geschlafen.«

»Glaubst du, der Typ kommt wirklich?«

»Mal sehen.«

»Würde mich schon mal interessieren, wo er die Sprünge gelernt hat.«

»Hat einfach ein bisschen Talent. Das ist alles.«

Wie Jonas es sagte, klang es, als habe der Junge irgendeine Krankheit. Ein bisschen Talent. Als könne er gar nichts dafür. Vielleicht hatte ich auch nur ein bisschen Talent, vielleicht reichte es auch gerade mal so für ein paar ordentliche Sprünge, ein paar gute Noten. Wir schwiegen. Im Garten zirpten Grillen, sonst war es still. Ich wollte ihn fragen, wie es Ulrich ging, getraute mich aber nicht. Seit einiger Zeit schon erwähnte Jonas seinen Vater mit keinem Wort. Früher hatte er von ihm erzählt, als alles losging. Als Ulrich morgens liegenblieb, als Musik durch die Wohnung dröhnte, als er heulte, gegen die Türe hämmerte, sich auf dem Wohnzimmerboden zusammenkrümmte.

Eine Gestalt kam jetzt die Einfahrt hinauf. Es war Jonas' Mutter, die vom Joggen zurückkam. Sie trug ein enges Top und kurze Hosen, ihre Haare wurden von einem Kopfband zurückgehalten. Sie lächelte, lief noch ein paar Augenblicke auf der Stelle weiter und machte ein paar Lockerungsübungen, bevor sie sich auf die Treppe setzte und sich die Sportschuhe auszog.

»Schön, dich mal wieder zu sehen«, sagte sie.

Ich war irritiert von ihrem Lächeln. Damals am See hatte ich mich gefragt, ob sie sich vielleicht noch im Wasser, kurz bevor sie nach der Leiter griff, ihren Badeanzug extra ein Stück heruntergezogen und dann so aus dem See gestiegen war. Auch jetzt beugte sie sich vor, um sich die Schuhe aufzuknoten, und ich musste einfach dorthin sehen, wo ihre Brüste unter ihrem Top verschwanden. Ich riss mein Rad herum.

»Dann bis später«, sagte ich und stieg auf.

Jonas hob die Hand und wollte noch etwas sagen, aber dann öffnete er nur den Mund und ließ ihn wieder zuschnappen. Als ich davonfuhr, kam ich mir wie ein Idiot vor. Ich merkte, dass mir das Blut in den Kopf schoss und trat ordentlich in die Pedale. Ich drehte mich nicht nach ihnen um und fuhr auf kürzestem Weg nach Hause.

Kapitel 6

Wir warteten in der Dunkelheit. Wir hockten am Fahrradunterstand auf dem noch immer warmen Asphalt, schon seit Minuten sagte keiner mehr ein Wort. Wir hörten die Autobahn in der Ferne, das Jaulen eines Hundes, von Zeit zu Zeit glomm vor Ellis und Jonas' Gesichtern die Glut ihrer Zigaretten auf. Hank warf kleine Kiesel Richtung Parkplatz, während Klara flach auf dem Rücken lag und in den Nachthimmel sah. Ich saß neben ihr, die Knie angezogen und sah hinüber zum Mühlenweg, wo eine Laterne ein Stück der Straße in orangefarbenes Licht tauchte. Hank brummte leise vor sich hin.

Bei Nacht wirkte das Dahlenberger wie ein Schrebergarten, wahrscheinlich auch, weil weder das Brett noch Hackenbarths Trillerpfeife zu hören waren. Mittlerweile war ich mir ziemlich sicher, dass der Junge nicht mehr auftauchen würde. Nicht, weil er Angst hatte, sondern weil er auch in Borndorf, in Eschbach oder sonst wo springen konnte und nicht auf das Dahlenberger angewiesen war.

»Der kommt nicht mehr.« Elli stand auf und schnippte ihre Kippe auf den Parkplatz.

»Sieht so aus.«

»Hätte ich euch auch gleich sagen können.« Hank lehnte sich an seine Hercules und knetete seine Hände.

»Noch fünf Minuten.« Jonas stand auf und ging hinüber zum Eingang. »Vielleicht ist er schon drin.«

In der Dunkelheit wirkten wir schmaler, als hätten uns der Tag und die Hitze dünner gemacht. Ich fühlte ein Pochen in den Händen, als suchten die nach irgendeiner Beschäftigung, als wollten sie etwas anpacken, werfen, kurz und kleinschlagen.

»Da ist was.«

Wir versammelten uns vor dem Tor. Hank kletterte das Drehkreuz ein Stück hinauf. In den Wiesen zirpten Grillen, Klara atmete neben mir durch den Mund. Dann war es zu hören: ein kurzes Platschen, wie wenn einer vom Startblock sprang.

»Er ist schon drin«, flüsterte Jonas.

Wieder war ein kurzes helles Platschen zu hören.

»Ich geh rein«, sagte Jonas.

Wir hatten schon öfters darüber gesprochen, nachts ins Dahlenberger einzusteigen und ein paar Runden zu schwimmen, aber mehr als ein paar Sprüche war bis jetzt nicht dabei herausgekommen. Es gehörte ebenfalls zu den ungeschriebenen Gesetzen des Dahlenberger, das Wasser nachts in Ruhe zu lassen, als sei es etwas Lebendiges und müsse sich von den Anstrengungen des Tages erholen. Als wir jetzt vor dem Zaun unter den Platanen standen und über die Liegewiesen sahen, zögerten wir.

»Du willst da jetzt also wirklich rein.« Hank kaute auf seiner Lippe.

»Er ist da drin.« Jonas griff in die Maschen des Zauns. »Schiss?«

»Ich will nur nicht den restlichen Sommer drüben am See hocken müssen.«

Es war wie früher, als es wirklich noch ein paar Dinge gegeben hatte, vor denen wir Respekt hatten und wussten, dass es mächtig Ärger geben würde: sich in die Nähe der Autobahn zu schleichen, möglichst nah ran an die Leitplanke und gegen den Fahrtwind eines Vierzigtonners zu spucken. Zum Gelände der ehemaligen Kiesgrube radeln, um in den dortigen verlassenen Hütten nach toten Tieren und schrottigem Baumaterial zu suchen. Im Zeitschriftenladen am Burggraben zwei Panini-Stickerpackungen zu kaufen und fünf zu klauen.

Das war längst vorbei, trotzdem fühlte es sich an wie damals, ein seltsam flaues Gefühl im Magen, als sei man ein bisschen verliebt und müsste gleichzeitig aufs Klo. Ich konnte den Kiosk erkennen, die zusammengestellten Stühle und Tische, gestapelte Getränkekisten. Und dahinter lag das Becken.

»Wenn's scheiße läuft, darfst du jeden Tag in meine Badewanne«, sagte Klara und strich sich die Haare aus dem Gesicht.

»Okay, dann los jetzt.«

Wir standen vor dem Zaun und sahen hinauf. Zum erstenmal fiel mir auf, dass das Dahlenberger von keinem gewöhnlichen Zaun umgeben wurde, sondern von einem, der mindestens doppelt so hoch war wie die Zäune, die sonst die Gärten in Dahlenberg eingrenzten. Die Pfosten waren aus kühlem Metall und tief in den Boden betoniert. Hank rieb sich den Nacken.

»Ziemlich hoch, würde ich sagen.«

»Kannst ja hierbleiben.« Jonas sprang hoch, griff in die Maschen und zog sich nach oben, schwang ein Bein hinüber, verlor dabei einen Schlappen und glitt auf der anderen Seite lautlos hinab. »Jetzt kommt schon.«

Hank und ich halfen Klara und Elli. Wir machten Räuberleiter, dann stiegen sie weiter auf unsere Schultern und zogen sich mit zitternden Beinen hoch. Der Zaun vibrierte, wenn sie oben die Beine hinüberschwangen. Sie keuchten leise, gaben aber sonst keinen Ton von sich. Jonas griff nach ihren Füßen und zog sie sachte zu sich herunter. Dann gab Hank mir Schwung. Ich hing am Zaun, zitterte, meine Muskeln begannen zu krampfen. Ich japste nach Luft, Hank packte meinen Fuß und schob mich weiter, dann hing ich für Augenblicke in der Schwebe und wusste nicht, ob vor oder zurück. Ich landete ziemlich unsanft, aber ließ mir nichts anmerken. Jonas grinste. Hank kletterte wie ein Affe schnell und lautlos. Dann hatten wir es alle geschafft. Wir warteten im Nachtschatten der Platanen, schlichen zum Kiosk und sahen uns um. Wir konnten die Dusche sehen, die Bänke und Beete. Alles schimmerte bläulich, auf eine Art, die weder natürlich noch künstlich war. Wir hörten wieder das Platschen. Jonas machte ein Zeichen, und wir gingen hinüber zur Dusche und weiter entlang der Beete. Das Wasser wellte sich, schwappte glucksend in die Überlaufrinne. Jemand tauchte in Richtung des Bretts.

»Das ist nicht Andy«, sagte Hank.

Ein Schatten schoss unterhalb der Wasseroberfläche, im erleuchteten Becken. Aber obwohl wir den Schwimmer nicht genau sahen, kannten wir alle die Form dieses Kopfes, die langen Gliedmaßen.

»Hackenbarth«, flüsterte Klara.

»Kein Scheiß.«

»Komplett nackt.«

»Runter. Er kommt raus. Runter.«

Wir duckten uns. Hackenbarth tauchte auf, griff nach dem Brett und machte einen Klimmzug. Sein Körper glänzte ölig und obwohl ich es nicht wollte, starrte ich auf seinen Arsch, der sich bei jedem Zug anspannte. Wir hatten einiges erwartet, Backflips, einen Auerbach, eine dreifache Schraube, aber das hier machte uns sprachlos. Hackenbarth tauchte zum Rand, zog sich aus dem Wasser und stieg aufs Brett. Vorsichtig hoben wir die Köpfe. Hackenbarth begann zu federn, zweimal, dreimal, dann zog er die Beine an den Körper und platschte mit einem lauten Schlag ins Wasser. Als er auftauchte, spuckte er Wasser aus und schwamm an den Rand zurück. Ich fühlte noch immer das Pochen in den Händen und krallte meine Finger in den weichen Mulch der Beete. Hackenbarth sprang ein zweites Mal. Er nahm Anlauf und hob ab, streckte die Beine in der Luft auseinander, und ich konnte deutlich seinen Pimmel sehen. Unwillkürlich zog ich die Beine an. Ich sah zu den anderen, zu Hank und Jonas, zu Elli und Klara. Sie starrten hinüber zum Becken, Klara flüsterte Elli etwas zu, beide versuchten ein Lachen zu unterdrücken und grunzten. Hackenbarth hockte sich auf die Bank und sah aufs Wasser, er glänzte wie die Figur aus einem Comic, wie ein Mensch-Fisch-Wesen mit Kiemen und Schwimmhäuten zwischen den Zehen. Er saß eine ganze Weile regungslos da und tropfte auf die Steinplatten. Wir wussten nicht, was wir jetzt tun sollten. An Schwimmen war nicht zu denken, aber so einfach gehen konnten wir auch nicht. Also blieben wir einfach liegen und warteten. Irgendwann stand Hackenbarth auf, kratzte sich und wischte sich das Wasser vom Schädel. Dann verschwand er in der Dunkelheit beim Geräteschuppen.

»Habt ihr seinen Schwanz gesehen?« Hank redete schnell, er konnte sich kaum noch zurückhalten. »Wie eine Kompassnadel: Da, wo sein Pimmel hinzeigt, knallt er ins Wasser.«

Wir gingen zurück zum Zaun, drehten uns aber immer wieder zum Becken um.

»Irgendwann muss der auch mal baden.«

»Aber nackt?«

»Der pisst ganz bestimmt ins Becken, aus purer Rache.«

Wir standen noch eine Weile am Zaun, über uns rauschten die Blätter der Bäume.

»Und was machen wir jetzt mit Andy?«

»Scheiß auf den.«

»Ja, scheiß drauf.«

Wir kletterten auf die andere Seite zurück, zogen unsere Räder aus der Wiese. Ich sah die anderen an und musste nichts sagen, um zu verstehen, dass auch sie an der Sache mit Hackenbarth zu knabbern hatten. Es war in etwa so, wie wenn man seine Eltern im Bett erwischt und trotz der absurden Situation einen Steifen bekommt. Man schämt sich, aber man kommt nicht von den Bildern los, die man im Halbdunkel gesehen hat, kriegt das Geräusch nicht mehr aus dem Kopf. So fühlte ich mich und den anderen ging es ähnlich. Langsam radelten wir durch Dahlenberg, fuhren Kreise und Schlangenlinien und hockten dann noch eine Weile an der Bushaltestelle vor dem Gemeindehaus, wo der Brunnen plätscherte und keiner etwas sagen musste.

Als ich gegen halb zwei mein Rad in den Keller schob und die Tür wieder verschloss, fiel mir plötzlich ein Schatten auf, ein Stück den Steinweg runter. Ich stieg die Treppen zur Tür hoch, rasselte mit dem Schlüssel und drehte mich nochmal um. Ich war mir jetzt ziemlich sicher, dass es der Junge war, Andy. Er lehnte an einem Laternenmast und wedelte sich mit dem Handtuch die Mücken aus dem Gesicht. Ich schloss die Tür auf, ging aber nicht hinein. Der Junge hatte aufgehört nach den Fliegen zu schlagen, stand jetzt leicht gebeugt da und suchte den Boden ab. Ich war mir plötzlich nicht mehr sicher, ob es nicht doch der Alte von gegenüber war, der drüben herumlungerte. Oder irgendein anderer Typ, der aus der Kneipe gekommen war und jetzt im Licht der Laterne erst einmal Luft holen musste. Das Licht flackerte, und für Augenblicke glaubte ich, er schaue zu mir hoch. Ich schlüpfte in den Flur, drückte die Tür zu und lehnte mich gegen die Wand. Atmete stoßweise. Dann linste ich vorsichtig nach draußen. Der Schatten war verschwunden. Ich begann zu kichern, wusste nicht genau, warum, lehnte mich wieder an die Wand und lachte leise vor mich hin.

Ich schreckte hoch und starrte einige Augenblicke auf die Digitalanzeige meines Weckers, bevor ich begriff, dass ich nicht mehr schlief, sondern gerade aufwachte. Es war halb zehn. Ich ging ins Bad und hielt meinen Kopf unter die Duschbrause. Dann stand ich mit tropfenden Haaren vor dem Spiegel und spürte ein Pochen in den Schläfen. Früher war der Sommer eine halbe Ewigkeit lang gewesen, aber jetzt kam er mir so kurz wie ein verlängertes Wochenende vor: Donnerstagabend ist man noch voller Euphorie, man weiß, dass man unendlich Zeit hat, man hängt eine Weile mit diesem Gefühl herum und genießt es, aber dann wacht man auf, und es ist Sonntagmittag, und plötzlich ist die ganze Entspannung weg und man spürt, dass man aufs Klo muss. Dann kommt der *Tatort*, und wenn der Mord aufgeklärt ist, weiß man, dass es zu Ende ist. Das Herumhängen. Das Frittenfuttern. Das Handtuchpennen. Ich leckte mir das Wasser von den Lippen und ging langsam nach unten. Ich konnte noch Mutters Parfüm riechen, die Terrassentür stand offen. Auf dem Tisch lag ein Zettel: *Joachim hat angerufen. Er freut sich auf dich und will wissen, ob du noch etwas brauchst. Ruf ihn an.* Ich las nochmal. Es war schon ziemlich lange her, dass wir das letzte Mal miteinander telefoniert hatten. Es war nach zehn gewesen, und er hatte ein wenig betrunken geklungen. Ob ich eine Ahnung hätte, wie scheiß langweilig dieses Frankfurt sei, ob wir uns nicht mal wieder sehen wollten, von Vater zu Sohn. Ich hatte irgendetwas mit »Na klar« gemurmelt und wieder aufgelegt. Jetzt drehte ich den Zettel, knüllte ihn schließlich zusammen und warf ihn Richtung Spüle, traf aber nicht. Ich machte mir eine Schüssel Cornflakes und setzte mich auf die Terrasse, löffelte träge. Ich fühlte mich, als habe ich die Nacht durchgemacht, aber ich konnte mich nicht an die Feier erinnern, für die sich der Kater jetzt lohnte. Ich stellte die halbvolle Schüssel in die Spüle, packte meine Sachen und fuhr zum Dahlenberger.

Die anderen waren schon da, saßen am Kiosk. Ich schlenderte zu ihnen, Hank zog mir einen Stuhl heran.

»Ausgeschlafen?«

Ich nahm einen Schluck von Jonas' Coke und rülpste leise.

»Albträume?« Jonas lächelte.

Ich schüttelte den Kopf und lehnte mich zurück. Die Geräusche aus dem Wasser und von den Liegewiesen kamen mir dumpfer vor, als habe jemand ein Handtuch über die Boxen gelegt. Ich sah Hackenbarth drüben am Becken stehen, mir fiel nichts Ungewöhnliches an ihm auf. Er stand da wie er immer dastand: Aufgerichtet, den Panamahut in die Stirn geschoben, seine dunkle Haut setzte sich gegen seine weißen Shorts ab, und obwohl ich es nicht sehen konnte, wusste ich, dass er dunkelblaue Badelatschen trug, die seitlich wegrutschten, wenn er schnell ging. Vergeblich versuchte ich den Hackenbarth der letzten Nacht und den Hackenbarth vom Beckenrand miteinander in Einklang zu bringen, aber es ging nicht. Die Schablonen passten nicht zueinander, und je länger ich hinübersah, desto verwirrter wurde ich.

Eigentlich hatte ich geglaubt, Hackenbarth und das Dahlenberger zu kennen.

Jonas und die Mädchen gingen hinüber ans Becken. Hank nuckelte an seiner Dose, obwohl sie schon einige Zeit leer war. Unter den Schirmen ballte sich die Hitze, so dass ich das Gefühl hatte, mich daran anlehnen zu können. Ich wollte einfach nur dasitzen und schwitzen. Schweiß sammelte sich am Bund meiner Shorts und im Nacken.

Ich atmete flach, blinzelte zu Hank.

»Kennst du dieses Bild von Hackenbarth im Winter?«, fragte ich.

Hank hatte den Mund leicht geöffnet wie eine Echse, die ihre Körpertemperatur regulierte.

»Jetzt ein bisschen Schnee«, murmelte Hank. »Nur ein kleiner Schneeschauer.«

»Er sitzt da auf der Bank und füttert Vögel.«

»Ich mach den Mund auf und die fetten Flocken schmelzen mir direkt auf der Zunge.«

»Da sieht er aus wie ein Heiliger. Wie einer, der einfach so dahocken kann und weder friert noch schwitzt.«

»Und wenn das Becken zufriert, leg ich mich nackt drauf.«

Ich sah Jonas auf dem Brett. Er stand regungslos über dem Wasser und wippte auf den Zehenspitzen auf und ab, und es sah so aus, als würde er jeden Moment ins Wasser kippen, aber er fiel nicht. Ich wollte ihm etwas zurufen, aber dann merkte ich, dass Hackenbarth in meine Richtung sah, und obwohl ich mir nicht sicher war, glaubte ich, dass er im Schatten seines Huts lächelte.

Wir verließen das Dahlenberger früher als sonst. Wie auf ein stummes Zeichen hin packten wir unsere Sachen und gingen nacheinander durchs Drehkreuz. Wir schlossen unsere Räder auf, schoben sie zwischen den überhitzten Autos hindurch zum Mühlenweg. Ich wartete auf einen Vorschlag, aber keiner von uns sagte etwas. Wir gingen langsam durch die heißen leeren Straßen. In einem Garten lag ein Mann auf einer Liege in der Sonne, sein Körper glänzte ölig, ein Hündchen sprang kläffend über den Rasen. Einen Garten weiter trocknete Wäsche, jemand spielte Trompete. Wir stiegen langsam den Hainschlag hinauf, in Richtung der Weinberge. Ich schwitzte, schluckte gegen das Stechen im Hals. Wir ließen die letzten Häuser hinter uns, gingen entlang der Reben und erreichten bald einen der schmalen Schuppen, in der die Winzer ihre Geräte einlagerten. Letztes Jahr hatte man in einem der Schuppen einen toten Junkie gefunden, die Nadel noch zwischen den Zehen. Er hatte dort scheinbar schon länger gehaust, hatte sich über einem Campingkocher Ravioli warm gemacht und Kreuzworträtsel gelöst. Wir warfen die Räder hin und hockten uns in den Schatten. Das Dorf lag uns zu Füßen. Aber selbst hier war noch der Lärm aus dem Dahlenberger zu hören: das Wasserklatschen, die Pfiffe Hackenbarths. Jonas zündete sich eine Zigarette an. Hank bohrte ein Loch in den trockenen Boden und ließ Spucke hineinfallen, steckte den Finger in den kleinen See und rührte um. Jonas blies den Rauch über meinen Kopf. Am Horizont furchte sich die Autobahn in die Landschaft. Wir konnten die Tankstelle sehen, die Brücke, und dahinter, abgeschirmt von dichtem Gebüsch, den See. Ich zog die Beine an. Die Hitze flimmerte über den Weinbergen und den Dächern, und trotz des blauen Himmels war die Luft trüb, als habe es gebrannt. Es musste eine Möglichkeit geben, dass einem vier Wochen nicht wie vier Wochen, sondern wie vier Monate vorkamen. Ich rieb mir mit dem Handrücken den Schweiß von der Stirn, sah in die geröteten Gesichter der anderen, die wie ich auf Dahlenberg sahen und an das dachten, was irgendwann danach begann, wenn die Dauerkarten abgelaufen waren.

»Ich wette, der Typ kriegt den Doppelten auch nicht hin.« Jonas lehnte sich zurück und riss trockenes Gras aus. »Der macht nur auf dicke Hose mit seinen Bomben. Mehr hat er nicht drauf.«

»Ist mir egal.«

»Der blufft nur. Will Eindruck schinden.«

»Und wenn schon.«

»So ein Spacko.« Jonas spuckte aus.

Wir schwiegen wieder.

»Schon mal gezündelt?« Elli drehte ihre Zigarette zwischen den Fingern ohne einen von uns anzusehen. Sie saß da, aufrecht und fiebernd in der Hitze und starrte die Glut ihrer Kippe an. Dann stand sie langsam auf und ging zu einem Eimer hinüber. Sie bewegte sich wie in Zeitlupe, blieb stehen und nahm noch zwei Züge, bevor sie die Kippe in den Eimer drückte. Es passierte nichts. Sie starrte hinein, als habe das Ding sie beleidigt. Jetzt stand auch Hank auf, sammelte am Wegrand ein paar trockene Äste und Papierfetzen auf und warf sie in den Eimer, er kniete sich davor hin, nahm die Kippe heraus und blies die Glut an. Auch Jonas ging hinüber, ließ sein Feuerzeug aufflammen, sie fackelten ein Stück Papier damit an. Bald quoll schwarzer Rauch aus dem Eimer und zog über die Weinberge. Wir standen jetzt alle um das Feuer. Man sah keine Flammen, sondern nur den Rauch und schwarzen Ruß, der das Metall verfärbte. Wir sammelten trockenes Laub, Äste und Müll und warfen alles hinein, Hank riss eine lose Latte aus der Hütte, zerkleinerte sie und drückte sie in den Eimer, und endlich schlugen uns die Flammen entgegen. Keiner sagte etwas. Ich wusste nicht, was wir hier taten und warum. Das trockene Holz knackte und zischte, und ich fragte mich, ob der Eimer gleich explodieren würde. Vielleicht lag ganz unten irgendetwas hoch Entzündliches, Spiritus, ein Deo, Lack. Aber es passierte nichts. Das Feuer kokelte vor sich hin, und der Rauch dünnte aus. Wir hockten uns wieder in den Schatten und sahen zu, wie die Dämmerung langsam über Dahlenberg einbrach.

Kapitel 7

Ich schlug im Halbschlaf auf mein Handy, bis es aufhörte zu brummen. Dann zog ich mir das Laken wieder über die Brust und starrte die Tapete an. Ich versuchte an die Stelle in meinem Traum zurückzukehren, wo er abgebrochen war, aber ich konnte mich nicht mehr erinnern, und wenn ich die Augen schloss, sah ich abwechselnd in Hackenbarths und Jonas' Gesicht. Ich drehte mich auf den Rücken und strampelte das Laken zur Seite. Wieder begann mein Handy zu vibrieren und sprang auf der Holzkiste herum, die ich als Nachtisch benutzte. Jonas' Nummer leuchtete auf dem Display. Ich nahm ab. Seine Stimme klang atemlos, als sei er eine kurze Strecke sehr schnell gerannt.

Ich müsse sofort kommen.

»Was ist los?« Ich versuchte mich aufzurichten.

»Der Typ. Beim Gemeindehaus.« Mehr sagte Jonas nicht.

Ich linste hinüber zum Digitalwecker, sah aber nur verschwommene Zahlen.

»Wie spät ist es?«

In der Leitung knackte es. Jonas nuschelte etwas, dann legte er auf. Ich starrte das Display einige Augenblicke lang an, dann rollte ich mich aus dem Bett, griff nach meinen Klamotten und zog mich hastig an. Ich schnappte mir meinen Rucksack, stolperte die Treppe hinunter ins Wohnzimmer und begriff beim Blick auf die Küchenuhr, dass es gerade mal halb sechs war. Die Luft war noch unverbraucht und klar, ich fröstelte. Zwischen den Häusern lagen noch Schatten, aber über den Dächern wurde es heller. Ich fuhr freihändig den Steinweg hinunter, kein Mensch war um diese Zeit unterwegs. Das Gemeindehaus lag an der Hauptstraße, unter zwei alten Linden plätscherte ein Brunnen. Jonas stand auf der anderen Straßenseite in einer Hofeinfahrt und pfiff, als ich vorbeifuhr.

»Wo ist er?«

Er deutete mit dem Kopf Richtung Gemeindehaus. Der Junge hockte auf einer Bank, seine Füße baumelten knapp über den Pflastersteinen. Er trug schwarze Shorts und ein altmodisch kariertes Hemd, das Handtuch hing über seiner Schulter.

»Was macht er da?«

»Keine Ahnung. Hockt einfach rum.«

Schwalben schossen über uns durch die Luft. In der Ferne dröhnte eine Maschine. Wir sahen uns an, Jonas presste die Lippen zusammen. Ich überlegte, ob wir Hank brauchten. Aber der Junge sah nicht sonderlich furchterregend aus, er wirkte im Gegenteil wie einer, der jahrelanges Herumschubsen und dumme Sprüche gewöhnt war und es aufgegeben hatte, sich in irgendeiner Form zu Wehr zu setzen.

»Warum bist du schon hier?« Ich sah Jonas an.

»Konnte nicht schlafen.«

»Ist was passiert?«

»Was soll passiert sein?«

Ist Ulrich wieder durchgedreht? Hat er das ganze Haus zusammengebrüllt? Ich behielt die Fragen für mich und zuckte nur mit den Schultern.

»Der schuldet uns noch was«, sagte Jonas.

Wir überquerten die Straße. Obwohl er uns längst erkannt haben musste, sah er über unsere Köpfe hinweg, verfolgte die Flugbahnen der Schwalben.

»Erinnerst du dich?« Jonas lehnte sich neben Andy an die Bank. »Wir hatten eine Verabredung.«

Andy blinzelte, als sei das seine Art zu kommunizieren. Sein Klapprad stand im Schatten ans Gemeindehaus gelehnt, er ließ seine schmalen Beine baumeln und sah uns interessiert an.

»Verstehst du, was ich sage?«

Er nickte und presste die Lippen zusammen, und ich wusste nicht, ob er grinste oder nur den Mund in die Breite zog.

»Wo warst du?«

Er deutete nach seinem Rad. Jonas sah mich an, aber ich wusste auch nicht, was wir jetzt machen sollten. Dem Jungen ein paar Ohrfeigen zu geben, kam mir irgendwie ungerecht vor, denn außer seinen Bomben hatte er uns nichts getan. Aber einfach abhauen und ihn sitzenlassen, ging auch nicht. Andy blinzelte, schob sich ein Stück nach vorn. Er war nicht viel älter als vierzehn, sein Gesicht war makellos und glatt, Arme und Beine in nahezu perfekter Proportion zu seinem übrigen Körper. Seine Füße waren schwarz vom Straßendreck.

»Hast du den Schlüssel?« Jonas verschränkte die Arme vor der Brust und versuchte sich größer zu machen, indem er seinen Hals streckte.

Ich dagegen hatte das Gefühl, schief dazustehen, zog mein Rad zu mir und lehnte mich an den Rahmen, um mir nicht weiter bescheuert vorzukommen.

»Unser Deal«, sagte Jonas. »Du bringst uns den Schlüssel und kannst dafür weiter springen. Schon vergessen?«

Andy bleckte die Zähne, und ich glaubte für einen Moment, er würde Jonas anspringen und beißen. Er rutschte von der Bank, kramte in seiner Hosentasche und hielt Jonas den Schlüssel hin.

»Was ist das?«

»Dein Schlüssel.«

Jonas sah abwechselnd auf das kleine silbrige Ding und in Andys Gesicht.

»Woher hast du den?«

»Dein Schlüssel«, wiederholte Andy.

Jonas nahm den Schlüssel, drehte ihn und gab ihn mir. Es waren zwei Allerweltsschlüssel, die an einem silbernen Ring hingen. Sie konnten von überallher sein. Andy schüttelte sein Handtuch auf, dann ging er hinüber zu seinem Fahrrad, packte es am Lenker und schob es an uns vorbei. Er sah wieder nach den Vögeln, zweimal pfiff er scharf durch die Zähne. Dann stieg er auf und fuhr schwankend davon, ohne sich noch ein einziges Mal nach uns umzusehen.

Der Schlüsselring lag vor uns auf dem Tisch, aber keiner fasste ihn an. Wir saßen im Dahlenberger am Kiosk, wir schwitzen, tranken warme Coke und sahen auf das Ding in unserer Mitte. Ich versuchte mir vorzustellen, wie der Junge der Königin den Schlüssel aus der Badetasche geklaut hatte. Es war im Grunde unmöglich. Und trotzdem lagen jetzt die beiden Schlüssel da und glänzten in der Sonne wie ein Schatz.

»Ich glaub das nicht.« Hank lehnte sich vor.

»Den hat er irgendwo aus einer Mülltonne gezogen. Der verarscht uns.«

»Oder er hat‘s einfach drauf.« Elli nahm Hank die Schlüssel aus der Hand und ließ sie klappern.

»Ich glaub auch, dass er's drauf hat«, sagte Klara.

»Jetzt fahrt ihr auch noch auf den Typen ab.« Hank lehnte sich zurück und schlürfte an seiner Dose.

»Wir versuchen es einfach.« Jonas schwenkte sein Handtuch über dem Kopf. »Wir kommen heute Nacht und probieren den Schlüssel.«

»Und der Typ nimmt alles auf Video auf und lacht sich tot.«

»Was ist los mit dir, Hank?« Klara warf ihr Handtuch nach ihm.

»Nichts ist los.«

»Hast du Schiss vor ihm?« Ich sah Hank an, versuchte es aber beiläufig klingen zu lassen.

Hank zerdrückte seine Dose und leckte sich den Zucker von der Lippe. Er starrte auf den Tisch und die leere Frittenschale, in der noch Ketchupreste klebten.

»Dann um Mitternacht.« Hank ruckte den Stuhl zurück und warf sich das Handtuch über die Schulter. »Aber wenn er mir blöd kommt, dann garantiere ich für nichts.«

Er zog Richtung Becken ab. Klara und Elli folgten ihm ein paar Minuten später, während Jonas und ich in den klebrigen Plastikstühlen sitzenblieben. Jonas ließ die Schlüssel von der einen in die andere Hand fallen und wieder zurück, und das helle Klimpern klang wie eine Herausforderung. Ich linste hinüber zum Eingang. Obwohl ich schwitzte wie verrückt und die Tafel am Kiosk 32 °C anzeigte, hatte ich das Gefühl zu frieren.

Ich breitete mein Handtuch aus und legte es mir über die Schultern. Jonas sah hinüber zum Becken, aber irgendwie kam es mir so vor, als schaue er ganz woanders hin, als hocke er auf einem Berg und peile einen winzigen Punkt am Horizont an, von dem er selbst nicht genau wusste, was es sein sollte.

»Vielleicht hat die Sache was zu bedeuten«, sagte Jonas ohne mich anzusehen.

Ich rieb mir mit dem Handtuch den Schweiß aus dem Nacken. Eine Horde Knirpse zog lärmend vorüber.

»Was meinst du?«

»Keine Ahnung. Nur so ein Gefühl.«

»Auf jeden Fall schon komisch. Dass er gerade hier auftaucht.«

»Vielleicht stinkt es hier besonders nach alten Fritten und Chlor.« Jonas grinste. »Oder er ist der uneheliche Sohn von Hackenbarth.«

»Der lässt ihn im Geräteschuppen pennen.«

Jonas stand auf und warf mir den Schlüssel zu. Ich schreckte hoch und fing ihn gerade noch auf.

»Was soll ich damit?«

»Du bist jetzt der Schlüsselträger.« Jonas lächelte und schlang sich sein Handtuch um den Arm. »Jetzt liegt es an dir, ob wir das Böse besiegen.«

Ohne sich umzusehen, schlenderte er hinüber zum Becken. Ich rührte mich nicht, starrte den Schlüssel an und hatte das komische Gefühl, beobachtet zu werden. Aber da war niemand. Rainer verkaufte Fritten, Hackenbarth hockte in seinem Stuhl und ließ die Trillerpfeife baumeln und die Königin träumte im Kassenhäuschen von ihrem kleinen Haus auf Fuerteventura. Als ich aufstand und langsam zu unserem Platz unter der Platane ging, hatte ich den bitteren Geschmack von Aluminium auf der Zunge. Ich leckte mir ein paarmal über die Hand, aber es half nichts.

Klara und ich waren die letzten. Reste eines heißen, verbrauchten Tages hingen in der Luft, im trockenen Gras, die Bäume warfen lange Schatten, im Dahlenberger war es still geworden. Wir schlossen unsere Räder ab, Klara legte mir ihre warme Hand in den Nacken. Ich wartete darauf, dass sie etwas sagte. Sie sah mich nicht an, sondern blickte hinüber zu den Streuobstwiesen, den Hang hinauf. Ich rührte mich nicht. Wir standen eine Weile nebeneinander.

»Kennst du diesen Film. Da kommt auch so ein Junge in ein Dorf und alle hassen ihn, weil er total schräg ist. Aber dann merken sie, dass sich was ändert. Am Schluss sagt einer: Er ist wie der Regen, der in den trockenen Boden sickert.«

Ich zuckte die Schultern.

»Schöner Film«, sagte sie.

Sie ließ mich los, stieg auf ihr Rad. Ich wartete noch immer darauf, dass sie etwas Witziges sagte, dass sie zu lachen begann. Aber sie fuhr schweigend davon, schlenkerte ein paarmal hin und her, bevor sie genug Tempo hatte und in den Mühlenweg einbog. Ich fingerte nach dem Schlüssel in meiner Tasche und sah zum Eingang, dann stieg ich auf mein Rad und fuhr heim.

Mutter lag im Liegestuhl auf der Terrasse. Auf dem schmalen Gartentisch stand ein Glas Wein, sie hatte sich ein Handtuch übers Gesicht gelegt. Leise lehnte ich mich gegen den Türrahmen, sah ihre gebräunten Arme und Beine, ihren bleichen Bauch. Ich überlegte, aus dem Schlafzimmer ein Bettlaken zu holen und es über sie zu legen. Sie wischte sich das Handtuch vom Gesicht und lächelte.

»Ich hab griechischen Salat gekauft«, sagte sie. Ich nickte. Sie rieb sich mit dem Handtuch den Schweiß von der Stirn.

»Ich habe mit deinem Vater nochmal über die ganze Sache geredet.«

»Ja und?«

»Wir sind da einer Meinung.«

»Schön für euch.«

»Jetzt werde nicht gleich komisch.« Sie richtete sich auf.

Ein Schweißtropfen rann ihr die Schläfe hinab. Sie musste es merken, versuchte es aber zu ignorieren, blinzelte ein paarmal. Ich ging nach oben, hockte mich aufs Sims. Der Garten brummte und knisterte. Ich fühlte mich nicht besonders, war müde, ausgelaugt vom Chlor und der Hitze. Ich fächerte mir mit meinem Hemd Luft zu, selbst das Atmen war anstrengend. Dann schaltete ich meinen Rechner an, wollte mich ablenken. Die meisten Videos waren ziemlich verwackelt oder von einer ungünstigen Position aus gefilmt, so dass man nur sah, wie der Springer ins Wasser klatschte und irgendjemand im Hintergrund lachte. Meine Lieblingsvideos waren Aufnahmen von den Arschbomben-Weltmeisterschaften. Das waren echte Profis, es gab Werbebanden, Neoprenanzüge und jubelndes Publikum. Man konnte den gesamten Sprung verfolgen und so die Technik studieren. Aber eine Vielzahl der Filme war Mist: Die einen sprangen, als habe man ihnen Eisenstangen in den Arsch geschoben, bei anderen war überhaupt keine Technik zu erkennen. Und es gab welche, die warfen sich den Zehner hinunter, als seien sie dumme Lemminge, die irgendeinem alten Instinkt folgen. Nach einer halben Stunde brannten mir die Augen. Ich warf mich aufs Bett und wartete auf die Dunkelheit und etwas Abkühlung.

Wir waren vor Mitternacht am Dahlenberger, standen eine Weile am Unterstand ohne etwas zu sagen und lauschten in die Nacht. Aus dem Bad waren wieder leise Platscher zu hören, eine Grille zirpte irgendwo neben uns in der Hecke. Hank hatte einen Banana Joe gemixt und reichte die Flasche herum. Es schmeckte eigentlich nur süß, den Wodka spürte man erst später.

»Hast du den Schlüssel?«

Ich holte ihn aus der Tasche, und wir gingen zum Eingang. Das Licht des Beckens ließ das Dahlenberger bläulich schimmern. Wir hockten uns vor das Tor und warteten, tranken noch eine Runde. Dann probierte ich den ersten Schlüssel aus. Ich merkte, wie ich zitterte, aber zum Glück war es so dunkel, dass die anderen meine Bewegungen nicht genau sehen konnten. Ich drückte den Schlüssel langsam ins Schloss, kam aber bald nicht weiter. Ich versuchte ihn zu drehen, aber es ging nicht.

»Nichts«, sagte ich.

»War klar.« Hank rülpste leise.

Ich nahm den zweiten Schlüssel und versuchte das gleiche wie zuvor. Diesmal ging es einfacher, ich drückte ihn bis zum Anschlag ins Schloss und sah Jonas an.

»Was ist denn jetzt?« Klara schob sich neben mich.

Ich wusste, dass es der richtige war, noch bevor ich ihn ganz herumdrehte. Ruckartig bewegte ich den Schlüssel, ein helles Klacken war zu hören und das Tor sprang einen Spalt auf.

»Heilige Scheiße.«

Wir starrten auf den schmalen Streifen bläulichen Lichts, der aus dem Bad zu uns herausfiel, über meine Beine, über Jonas' Gesicht und Ellis Arme.

»Mach sie zu. Mach die Tür wieder zu.«

Hank zog das Tor hastig zurück ins Schloss und taumelte ein paar Schritte zurück. Dort blieb er stehen und spuckte auf den Boden.

»So ein Idiot«, schnaufte er.

»Krieg dich wieder ein, Hank.«

»Hackenbarth wird uns rösten.«

»Wird er nicht.«

Leise zog ich den Schlüssel wieder aus dem Schloss. Ich wartete darauf, dass irgendjemand etwas vorschlug, aber in der Dunkelheit blieben die Gesicht fahl und unnahbar. Im Dahlenberger platschte es, wir sahen uns an.

»Gehen wir jetzt rein?« Elli lehnte sich ans Tor.

»Nur über den Zaun.« Hank wischte sich die Hände an seinen Shorts ab, starrte sie an. »Nur über den Zaun.«

Er ging hinüber, griff in die Maschen. Wir folgten ihm und kletterten nacheinander hinüber. Schweigend gingen wir über die Liegewiese, unter den Bäumen entlang und blieben am Duschbecken stehen. Hackenbarth zog seine Bahnen im leuchtenden Wasser. Elli war die erste, die sich auf die Bank setzte. Klara folgte ihr. Ich sah Jonas und Hank an. Wenn wir jetzt kniffen, würden die Mädels uns noch in zwanzig Jahren an die Situation erinnern und uns vormachen, wie wir mit schlotternden Knien an der Dusche gestanden hatten und uns vor dem nackten Hackenbarth fürchteten. Hackenbarth schwamm eine Wende, stieß sich vom Rand ab und tauchte, dann kraulte er wieder. Er schwamm unter der Nichtschwimmerleine hindurch, schlug am Beckenrand an und drehte sich auf den Rücken. Er wirkte nicht sonderlich überrascht uns zu sehen.

»Endlich mal Platz«, sagte er.

Dann begann er mit den Füßen zu strampeln und trieb durch das Becken, der anderen Seite zu. Am Brett machte er wieder zwei Klimmzüge, zog sich dann an der Einstiegsleiter aus dem Wasser und schlappte davon, ohne sich noch einmal umzusehen. Das letzte, was wir von ihm sahen, war sein bläulich leuchtender Arsch, bevor er endgültig in der Dunkelheit verschwand.

Das Licht flutete über die Bänke und wurde erst hinter den Beeten schwächer. Das Wasser gluckste leise. Ich ging hinüber zu einem der Blöcke, zog mein Shirt aus, stieg hinauf und sprang. Es war das erste Mal, dass ich nachts im Dahlenberger schwamm, und es kam mir so vor, als sei es ein ganz anderes Becken, größer, tiefer. Ich tauchte hinunter zu einem der Strahler und hielt meine Hand ins Licht. Sie wirkte plötzlich riesig und porös, wie die Koralle, die Mutter vor Jahren bei unserem Tunesienurlaub gekauft hatte. Als ich auftauchte, sprang Hank gerade mit angezogenen Beinen vom Brett und Jonas folgte ihm mit einem Backflip. Das Wasser krachte, wir tauchten, zogen uns an den Shorts und versuchten unter Wasser zu sprechen.

»Was ist los mit euch!«, rief Hank und winkte den Mädels zu. »Kommt schon rein.«

Sie saßen noch immer auf der Bank und sahen uns zu. Klara war die erste, die sich auszuziehen begann. Sie trug keinen Bikini, sondern einen weißen Slip und BH. Sie nahm Anlauf und sprang vom Rand, tauchte unter. Hank jubelte und schwamm ihr nach. Elli ließ sich mehr Zeit, stand noch eine Zeitlang an der Einstiegsleiter herum und hielt einen Fuß ins Wasser, während das Licht Wellen auf ihre Beine und ihren Bauch malte. Ich tauchte unter der Nichtschwimmerleine hindurch bis zum Rand. Jetzt war Elli auch im Wasser, gerade sah ich sie abtauchen und einen Unterwasserhandstand machen. Kerzengerade ragten ihre Beine aus dem Wasser, sie hielt sich ziemlich lange und kippte dann seitlich um. Ich fühlte ein heftiges Kribbeln in Armen und Beinen und schlug aufs Wasser. Wir waren zusammen im Becken, und es fühlte sich verdammt gut an. Ich blähte die Backen und tauchte. Das war vielleicht die Lösung: Unter Wasser war alles verlangsamt, jede Bewegung dauerte doppelt so lange, selbst das Licht verlor sich ab einer bestimmten Tiefe. Vielleicht kam es gar nicht darauf an, selbst still zu halten, solange alles um einen herum stillhielt. Ich tauchte auf und schnaubte mir das Wasser aus der Nase. Klara lehnte neben mir am Beckenrand, sie ruderte mit den Armen und streifte mich beiläufig. Ich sah sie an, aber sie blickte weiter übers Becken und schob langsam ihre Finger unter den Bund meiner Shorts. Ich traute mich nicht zu atmen. Sie schob ihre Hand tiefer und packte meinen Schwanz. Ich spuckte Wasser aus. Auf ihrem Gesicht lag ein schmales Lächeln, sie hielt mich fest, ohne die Hand zu bewegen, ohne etwas zu sagen, und auch ich sagte nichts. Hank und Jonas zogen sich an der Nichtschwimmerleine hoch, Elli saß auf dem Brett und ließ ihre Beine baumeln. Trotz des Wassers spürte ich die Wärme von Klaras Hand, mein Blut pulste an ihren Fingern entlang, sie schob die Vorhaut etwas zurück und strich mit dem Daumen über die Eichel. Dann ließ sie mich plötzlich los, stieß sich ab und tauchte hinüber zur Einstiegsleiter. Auch ich tauchte unter, sah verschwommen ihre Beine, dann schwamm ich in langen gleichmäßigen Zügen auf die andere Seite.

Wir radelten langsam durch die warme Nacht, die verlassenen Straßen entlang, auf die andere Seite Dahlenbergs zur Tankstelle. Hank kurvte vor uns, er fuhr enge Kreise, indem er einen Fuß über den Boden schleifen ließ, um die Schräglage auszugleichen, gab wieder Gas und verschwand am Ende der Straße in der Dunkelheit. Die Tankstelle leuchtete wie das Raumschiff von Außerirdischen, die eben gelandet waren. Um diese Zeit war nur noch der Außenschalter geöffnet, und wir warteten im Schatten der Waschanlage auf Hank, der Smirnoff und Bacardi besorgte. Klara stand neben mir. Ich wartete schon die ganze Zeit auf irgendein Zeichen von ihr, aber es kam nicht. Ich rückte etwas näher an sie heran, aber sie sah weiter hinüber zu den Zapfsäulen, sprach leise mit Elli. Hank knatterte an uns vorbei in Richtung der Brachfläche hinter der Tanke. Wir hockten uns im Kreis hin, machten die Dosen auf und tranken, warteten auf die erste sanfte Welle, und als sie kam, grinsten wir uns dämlich an.. Wir tranken den Smirnoff leer, Jonas und Hank spielten mit der Dose eine Zeitlang Fußball, ich war der kniende Torwart. Sie rannten sich über den Haufen, kicherten, einmal riss Jonas Hank die Shorts herunter, beide stolperten und kugelten im Gras. Ich nahm die Dose und schleuderte sie in die Dunkelheit hinaus, Richtung Autobahn. Hank zog sich die Hose hoch, Jonas wischte sich den Rotz aus dem Gesicht.

»Will nicht wissen, was Hackenbarth sonst noch treibt, wenn er abends allein ist.«

»Schon bisschen pervers, oder?«

»Der ist genauso ein Freak wie Andy.«

Und dann waren wir wieder beim Himmel: Immer, wenn wir nachts zusammen abhingen, waren wir irgendwann beim Himmel, lagen schweigend nebeneinander und starrten hinauf in die Dunkelheit, die eigentlich gar nicht dunkel, sondern ein einziges Lichterchaos war, eine irregewordene Stadt, Millionen Menschen mit Fackeln und Kerzen. Und ich war einer unter ihnen. Ich wollte dazugehören, was sonst. Aber ich wusste nicht, was ich dafür tun musste, ich wusste nur, dass es nicht reichte, sich einfach dazuzustellen.

»Ich glaub, ich muss kotzen.« Klara lehnte sich über ihren Lenker.

Jonas und Elli waren schon in der Dunkelheit verschwunden, Hank trat eben den Kickstarter durch. Kurz überlegte ich, ihr in den Nacken zu greifen. Sie sah mich an.

»Sag jetzt mal, was los ist?«

»Sag du, was los ist.«

»Bist du verknallt?«

»Warum hast du das gemacht?«

»Was?«

»Was schon.«

»Hat doch nicht weh getan, oder?«

Ich presste die Lippen aufeinander, Klara grinste, deutete einen Kuss an, schwang sich auf ihr Rad und fuhr an den Zapfsäulen vorbei, Hank hinterher. Ich spuckte auf den Boden, mein Kopf summte. Der Himmel und die Lichter da oben konnten mich mal kreuzweise.

Kapitel 8

Ich hatte schlecht geschlafen und kam kaum aus dem Bett. Eine Weile hockte ich im Schneidersitz auf der Matratze und versuchte mich an meinen Traum zu erinnern, aber da war nicht mehr viel außer ein bitterer Geschmack auf der Zunge und dem seltsamen Gefühl, dass irgendetwas anders war. Ich sah mich um, aber in meinem Zimmer fehlte nichts. Vor dem Badezimmerspiegel kontrollierte ich mein Gesicht, beugte mich vor, sah mir in den Mund und die Nasenlöcher, drückte meine Ohren nach vorn, strich mir die Haare aus der Stirn. Ein oder zwei Pickel waren dazugekommen, aber das war es auch nicht. Ich kam nicht drauf und ging langsam nach unten. Auch während ich Cornflakes aß und ein Glas Orangensaft trank, verschwand das Gefühl nicht. Freihändig fuhr ich den Mühlenweg hinunter Richtung Dahlenberger. Der Himmel über den Häusern war fast weiß. Wahrscheinlich hatte ich nur beschissen geträumt, und mein Unterbewusstsein versuchte noch, damit klar zu kommen. Zwei Stunden später als sonst kam ich am Dahlenberger an. Hektisch schob ich mein Rad in den Unterstand, als ich drüben zwischen den Autos Andy entdeckte. Er stand mit dem Rücken zu mir, das Handtuch über der Schulter, und sah in den Himmel, als habe er da oben etwas verloren. Ich schulterte meinen

Rucksack, und als Andy weiterging, folgte ich ihm. Er ging nicht den Mühlenweg hinauf, sondern lief einen schmalen Trampelpfad entlang, der an der Rückseite des Dahlenberger zwischen Unkraut verlief. Mehrmals verlor ich ihn kurz aus den Augen. Andy ging nicht sonderlich schnell, trotzdem hielt ich einen so großen Abstand zu ihm, dass ich jederzeit umdrehen konnte, und es nicht aussah, als sei ich hinter ihm her. Die Geräusche des Dahlenberger blieben hinter uns zurück, und kurz überlegte ich, ob ich Jonas oder Hank anrufen sollte. Aber vielleicht war es auch gut, dass ich alleine war. Dünne Äste schlugen mir gegen die Beine, dann erreichten wir die Felder und die Landstraße Richtung Borndorf. Ich kauerte mich in den Schatten der letzten Büsche und wartete. Andy blieb an den Ackerschollen stehen, die von der Hitze ausgebleicht und rissig geworden waren, und wedelte mit seinem Handtuch durch die Luft. Schweiß kitzelte in meinem Nacken, vor meinem Gesicht schwirrten kleine Mücken. Ich biss mir auf die Lippe und hielt still. Erst als Andy fast schon an der Straße war, richtete ich mich auf und ging ihm weiter nach. Eine Zeitlang folgten wir der Straße. Hier hatte ich überhaupt keine Deckung, hätte mich höchstens in den Straßengraben werfen können. Ich vergrößerte den Abstand noch mehr, aber irgendwie wusste ich, dass sich Andy nicht umschauen würde. Er war ein dunkler Strich in der Landschaft, eine Erscheinung wie eine Fata Morgana. Schließlich erreichten wir den Waldrand, und Andy bog in den Weg zur alten Bürstenfabrik ein. Der Weg war breit und mit Platten ausgelegt und endete vor dem rostigen Werkstor. Ein Bauzaun sicherte das Gelände und war über die Jahre ziemlich zugewachsen. Vielleicht hatte Hank recht und der Junge war wirklich irgendwo abgehauen, aus der Klapse oder dem Heim und versteckte sich hier.

Ich wedelte mir die Mücken aus dem Gesicht. Andy war am Bauzaun angekommen. Ich wartete und rieb mir den Schweiß aus den Augen. Ich hatte mich diesen Sommer noch nie so weichgekocht gefühlt wie jetzt. Andy war durch eine Lücke im Bauzaun aufs Werksgelände gelangt, ich folgte ihm und lief geduckt in den Schatten der Halle. Ich konnte ihn hören, sah ihn aber nicht. Er schlug mit dem Handtuch gegen die Wände oder ins Unkraut, dann pfiff er zweimal. Als ich um die Ecke bog, war er verschwunden. Ich ging in die Knie und schnaufte, als sei ich die ganze Strecke gerannt. Vielleicht hockte er irgendwo im Schatten und beobachtete mich. Ich versuchte, unauffällig an einen faustgroßen Stein zu kommen, aber als ich ihn endlich hatte, ließ ich ihn sofort wieder los. Andy war nur eine Hühnerbrust, eine halbe Portion. Selbst Klara würde ihn im Armdrücken fertigmachen. Eine Weile hockte ich da und beobachtete eine Fliege, die sich immer wieder auf meine Hand setzte und ihre Flügel abstreifte. Schließlich richtete ich mich auf und ging entlang der Halle weiter, streifte durch Farn, an rostigen Kübeln vorbei. Dann erreichte ich wieder den Bauzaun. Ich zog den Rucksack fester, sah mich um. Ich war mir sicher, dass er irgendwo hockte und alles im Blick hatte.

»Ich weiß, dass du hier bist«, rief ich und erschrak über die Wucht meiner Stimme. »Warum kommst du nicht raus. Ich werde dich nicht verpfeifen. Ich will dir den Schlüssel wiedergeben.«

Ich hatte den Schlüsselring aus der Tasche gezogen und klimperte damit.

»Ich will ihn nicht mehr. Du kannst so viel springen wie du willst. Ist mir egal.«

Ich warf den Schlüssel auf einen Ziegelhaufen und wartete. Ein Vogel flatterte verschreckt auf, sonst regte sich nichts. Das

Blut rauschte in meinen Ohren, Flecken tanzten mir vor den Augen. Ich kam mir vor wie ein Idiot und hatte das Gefühl, dass ich Andy voll auf den Leim gegangen war, dass er genau das gewollt hatte: Mich wie einen Idiot aussehen zu lassen. Ich griff nach dem Schüssel, steckte ihn wieder ein und ging hinüber zum Bauzaun. Nochmal würde er mich nicht drankriegen. Ich lief unter den Bäumen Richtung Straße, starrte vor mir auf die Steinplatten, der Schlüssel schlug rhythmisch gegen mein Bein. Ich würde nicht mehr aufhören zu laufen, einfach immer weiter, die Straße nach Borndorf, die Autobahn entlang in den Süden, über die Alpen ans Meer.

»Ist hier noch Platz?«

Ich schreckte auf. Gegen das Licht sah ich nur einen dunklen Hut, so einen, wie ihn Cowboys tragen, mit breiter Krempe und Einbuchtungen am Kopfteil. Der Mann nahm den Hut ab und fächerte sich Luft zu, setzte ihn sich dann mit einer ausholenden, umständlichen Bewegung wieder auf und trat von einem Bein aufs andere. Ich nickte und rutschte zur Seite. Ich war nicht gleich zurück ins Dahlenberger, sondern war einen Umweg durch die Weinberge gegangen und schließlich an der Bude angekommen, an der wir letztens herumgezündelt hatten. Der Mann setzte sich schwerfällig neben mich in den Schatten und streckte die Beine aus. Er trug dunkle Jeans, ein kariertes Hemd und altmodische Cowboystiefel. Aus den Augenwinkeln sah ich, dass er immer wieder in seine Hemdtasche griff und sich etwas in den Mund schob.

»Es gibt keinen Grund Angst zu haben«, sagte er.

Ich tat so, als hätte ich nicht zugehört und lehnte mich nach vorn. An der Unterseite meiner Arme kitzelten Schweißtropfen.

»Meinst du nicht auch, dass es an der Zeit ist, sich keine Sorgen mehr zu machen?«

Ich sah auf. Das Gesicht des Mannes war glatt, er hatte sich erst am Morgen rasiert. Seine Wangen waren von hellen Sommersprossen gesprenkelt, seine schmalen Lippen hatte er geschlossen, er kaute wieder. Er trug ein rotes, mit weißen Stickereien verziertes Halstuch, das zu einem Dreieck gefaltet war.

»Ich weiß nicht«, sagte ich leise und sah auf meine dreckigen Füße.

Er lächelte. »Doch, du weißt es.«

Ich sagte nichts. Der Typ machte mir keine Angst. Er hatte vielleicht einen kleinen Hitzschlag bekommen und redete deshalb so komisches Zeugs.

»Die Dinge stehen nicht zum Besten, habe ich recht?« Er fasste wieder in seine Tasche und hielt die Faust geschlossen. »Die Dinge, wie wir sie kennen. Das Leben geht schneller vorüber, als wir glauben, aber so ist es. Seit einiger Zeit denke ich wieder öfters an diesen Mann, du weißt, wovon ich spreche.«Er lächelte und öffnete die Hand. »Nimm dir ein paar.«

Ich sah die Körner auf seiner Handfläche liegen wie kleine leblose Tierchen und schüttelte den Kopf. Er schloss die Hand wieder. »Er tut gar nichts, er steht nur da in seinem Garten. Manchmal verwechsle ich ihn mit einer Bohnenstange oder einer Brombeerranke. Es ist nur ein kurzer Augenblick. Sein Gesicht ist wie aus Holz, verwachsen und knorrig.«

Wir schwiegen und sahen über die Weinberge.

»Wie alt bist du?«

»Sechzehn.«

»Kein Grund, sich zu fürchten. Der Mann kennt unsere Angst wie er seine eigene kennt.«

Er tippte sich an die Hutkrempe und schob sich ein paar Körner in den Mund. Vielleicht hauste er wie der tote Junkie in einem der Weinbergschuppen, kochte über einem Campingkocher Ravioli und sprach mit sich selbst, um nicht den Verstand zu verlieren. Ich stand auf und warf mir den Rucksack über.

»Ich muss los«, sagte ich.

»Du wirst ihn wiedersehen. Dann weißt du es.«

»Vielleicht«, murmelte ich, ohne zu wissen, was er meinte.

»Und wenn du ihn siehst, wird dir alles andere leichtfallen.«

Ich zuckte die Achseln und ging ein paar Schritte, blieb aber nochmal stehen. »Howdy.«

Der Cowboy tippte sich an den Hut. Er saß im Schatten der Hütte, die Beine von sich gestreckt, den Kopf in den Nacken gelegt und aß Körner. Ich zwang mich, mich nicht noch einmal umzusehen und ging langsam zurück ins Dorf.

Als ich das Dahlenberger erreichte, war ich nassgeschwitzt, hatte Seitenstechen und fühlte mich wie ausgetrocknet. Aber meine anfängliche Wut war verflogen, ausgeschwitzt, ich fühlte jetzt nur noch eine seltsame Taubheit in meinen Armen und war noch immer verwirrt von den Worten des Cowboys. Vielleicht würden ein paar Backflips helfen. Ich nahm den Rucksack ab, zog an meinem verschwitzten Shirt und ging langsam zum Eingang, als ich plötzlich Hank entdeckte. Er hockte neben seiner Hercules in einer Parkbucht und hatte sich über etwas gebeugt, dabei schaukelte er mit dem Oberkörper vor und zurück wie ein Gläubiger beim Gebet.

»Hank.« Ich blieb neben ihm stehen. »Was machst du da?«

Auf seiner Handfläche lag ein toter Vogel. Er sah auf. Sein Gesicht war entspannt, als habe er geweint.

»Rotkehlchen«, sagte er leise. »Hab das Herz noch schlagen sehen.«

Ich wusste nicht, was ich sagen sollte. Hank wirkte wie weggetreten, aber als er mich ansah, war sein Blick klar und direkt.

»Was willst du damit?«

Er zuckte die Schultern.

»Wollen wir nicht rein?«

Er wandte sich wieder dem toten Vogel zu. Das Tierchen lag auf dem Rücken, ein Flügel abgespreizt. Die kleinen Augen waren schwarze Löcher, das weiche Brustgefieder mit irgendeiner Flüssigkeit verklebt.

»Schmeiß es in die Wiese«, sagte ich, »dann hat noch eine Katze was davon.«

»Du spinnst wohl.« Er umschloss den Vogel mit seinen Händen, stand langsam auf und sah an mir vorbei über den Parkplatz. »Wir müssen ihn begraben.«

Er steckte sich den Vogel in die Tasche seiner Shorts, stand auf und schlug den Ständer der Hercules ein. Dann schwang er sich auf und trat wuchtig den Kickstarter durch.

»Kommst du mit?«

Ich sah zum Eingang hinüber, dann wieder zu Hank. Der Motor blubberte. Ich warf mir meinen Rucksack über und stieg auf den Sozius. Hank gab Gas. Wir schossen über den Parkplatz, den Mühlenweg hinauf. An meinem Geburtstag vor zwei Monaten hatte mich Hank zum ersten Mal alleine auf die Hercules gelassen. Sonst durfte niemand damit fahren, schon das Ding anzufassen, brachte einem düstere Blicke ein. Aber an meinem Geburtstag hatte Hank eine Ausnahme gemacht, er betonte das drei oder vier Mal: Es ist eine Ausnahme, nur heute. Wir waren den Feldweg Richtung Borndorf hinausgefahren, bis zu den Pferdekoppeln. Dann hatte ich zwei Versuche. Hank erklärte mir den Startvorgang mit Kickstarter, die Bremse halten, langsam kommen lassen. Beim ersten Mal war mir das Ding unterm Arsch weggerauscht, und Hank hatte gerade noch eingreifen können, sonst wäre die Hercules über den Split in den Graben gerutscht. Alle lachten, nur Hank nicht. Beim zweiten Mal stellte ich mich besser an, fuhr etwa hundert Meter geradeaus und würgte die Hercules ab, als ich versuchte, eine Kurve zu fahren. Aber jetzt kannst du ja fahren und Bier holen, hatte Hank gesagt und gegrinst.

Auf der Brücke bremste Hank. Wir sahen schweigend auf den Verkehr, Hank spuckte aus. Ich wollte ihn fragen, wohin er wollte, aber er gab schon wieder Gas. Wir rasten an der Kläranlage vorbei, überholten zwei Radfahrer, lehnten uns in den Kurven in die Seite. Schließlich erreichten wir den See. Dafür, dass es nur ein Anglertümpel war, hatte er ein beträchtliches Ausmaß. Bis zum anderen Ufer waren es sicher zweihundert Meter.

Wir stiegen ab und schoben die Hercules ans Wasser. Obwohl es verboten war, gab es auf der anderen Seite des Sees eine Badestelle. Die Leute kamen in der Dämmerung und badeten nackt. Außerdem behauptete Klara, dass sich dort welche übers Internet verabreden würden, um anonym zu vögeln. Die Autobahn lag nah, es gab viele Bäume, und in der Dämmerung waren die Schatten nicht voneinander zu unterscheiden. Hank hatte sich hingehockt, schüttelte sich die Flipflops ab und hielt die Füße in den See. Ich setzte mich neben ihn. Das Wasser war nicht mit dem im Dahlenberger zu vergleichen, es war dunkel, fast schwarz, und ich war mir ziemlich sicher, dass auch der Klang ein anderer wäre, würde man eine Bombe hineinsetzen.

»Läuft eigentlich was zwischen dir und Klara?«

Ich tauchte meine Zehen ins Wasser und machte kleine Wellen. Klaras Berührungen letzte Nacht beschäftigen mich noch immer.

»Was soll denn laufen?« Hank flüsterte fast.

»Keine Ahnung. Sag du's mir.«

Ich war nicht eifersüchtig, wenn Hank und Klara herumblödelten, sich abwechselnd die Handtücher um die Beine schlugen oder sich im Wasser gegenseitig untertauchten, sondern auf eine Art beschämt, die ich selbst nicht ganz kapierte.

»Wir verstehen uns halt gut. Sonst nichts.«

»Magst du sie?«

»Klar mag ich sie. Sie ist ja wie eine Schwester für mich.«

Hank sah auf und in seinem Blick lag etwas, das weder Traurigkeit noch Sehnsucht war, sondern der Kälte glich, die ich Jahre zuvor zwischen Mutter und Joachim beobachtet hatte. Plötzlich war da ein Abstand zwischen uns, den ich vorher so noch nie bemerkt hatte.

»Okay«, sagte ich.

Wir sahen aufs Wasser hinaus. Der See spiegelte seine Umgebung matt wider, wie ein beschlagener Spiegel. Hank knetete seine Finger. Seit Andy im Dahlenberger aufgetaucht war, kam er mir nervöser vor als sonst, so, als erinnere ihn der Junge an irgendetwas, was er vor uns bisher verschwiegen hatte. Er grub einen Stein aus und schleuderte ihn kraftvoll in den See hinaus, presste die Lippen zusammen und starrte zu dem Punkt, an dem der Stein aufs Wasser getroffen war.

Hank würde im September eine Malerlehre in Borndorf beginnen. Ein Jahr lang hatte ihn das Arbeitsamt in der Berufsvorbereitung geparkt. Er war nicht dumm, nur wollte er nicht, wenn andere wollten. Er hatte sich lustig gemacht über die Typen in seinem Kurs und dabei immer einen klaren Strich zwischen sich und ihnen gezogen: Er war kein Verlierer, kein Faulenzer und Dealer, dem es nur auf Kohle und Mädchen ankam. Hank besaß eine eigentümliche Schläue, die keiner von uns hatte. Er würde damit vielleicht keinen Nobelpreis gewinnen, aber er ging so sicher durchs Leben, als besäße er eine Karte, auf der alle Wege, Umwege und Gefahren bereits eingezeichnet waren.

»Ich sag dir jetzt mal was«, er hob den Kopf und sah mich an, »dass habe ich noch keinem gesagt, aber irgendwann muss ich's mal jemandem sagen.« Er machte eine Pause und holte Luft.

»Cordula und Peter sind nicht meine richtigen Eltern. Und es ist auch nicht mein Haus und mein Zimmer und mein Garten. Ich bin da quasi nur Gast, schon eine halbe Ewigkeit lang. Soll ich dir sagen, woher ich Typen wie diesen Andy kenne? Aus dem Heim kenne ich die, aus den Butzen, wo ich früher war. Da haben wir mit Fingerfarbe gemalt und Lieder gesungen und gebetet. Da waren solche Typen. Mich haben sie nie erwischt, aber andere schon. Und wenn sie einen erwischt haben, dann hat der einen ganz komischen Blick draufgehabt, ganz stier, dass es jeder sofort wusste. Aber mich haben sie nie erwischt.«

Hank grub seine Hand in die weiche Erde und ließ sie dort eine Weile arbeiten. Ich versuchte etwas in seinem Gesicht zu erkennen, aber sein blieb unverändert, zeigte keine Spur von Hass oder Wut.

»Und deine richtigen Eltern?«

Hank zuckte mit den Schultern.

»Ist mir egal. Ich war drei, als ich ins Heim kam. Meine Ma war ziemlich fertig, Medikamente und so. Von meinem Vater hab ich nie was gehört.«

Ich wusste nicht mehr, was ich noch sagen sollte. Also saßen wir weiter nebeneinander, hörten die Autobahn, ein paar Enten. Eigentlich war es hier ganz schön, und ich fragte mich, warum wir nicht öfters herkamen. Hier störte uns kein Hackenbarth und keine Königin, es gab keine vorlauten Knirpse. Auf der anderen Uferseite waren zwei Angler auf ihren Rädern angekommen und machten sich an ihren Geräten zu schaffen.

»Ich hab Hunger«, sagte Hank und stand auf. »Kommst du noch mit?«

Das Grillhaus lag neben einem Discounter vor einem riesigen, fast leeren Parkplatz. Im Laden roch es nach Frittenfett und Verbranntem. Hank bestellte ein Brathähnchen, dann gingen wir rüber zu den Automaten, und Hank schob eine Münze in den Schlitz. Er drückte Start, die Rädchen begannen sich zu drehen, das Ding trällerte. Hank fluchte leise, schob eine Münze nach. Der Automat fraß nacheinander vier Münzen, ohne dass etwas passierte. Wir nahmen die Teller und setzten uns draußen an einen der Tische. Es war jetzt fast Mittag, und ich merkte, dass ich ziemlich Hunger hatte. Schweigend kauten wir, nagten an den Knöcheln herum und tranken abwechselnd Coke.

»Was ist jetzt eigentlich mit dem Vogel?« Ich wischte mir die Hände an einer Serviette ab, was es aber überhaupt nicht brachte, da Fetzen von dem Ding an meinen fettigen Fingern hängenblieben.

Hank zuckte die Schultern und aß weiter. Ich stocherte in meinen Resten herum, beobachtete Hank. Mir wurde klar, dass ich ihn nicht besonders gut kannte. Bis heute hatte ich nur das über ihn gewusst, was ich im Dahlenberger von ihm zu sehen bekam: die Hercules, seine Bomben, seine Sprüche. Seine Eltern, die eigentlich gar nicht seine richtigen Eltern waren, hatte ich ein paarmal aus der Entfernung gesehen, zwei schmale Gestalten, die die gleichen Funktionsjacken trugen. Vielleicht war Hank nur aus reiner Zweckmäßigkeit bei uns: Weil er der älteste war, weil er die Hercules hatte und wir sein Aussehen und seine Statur immer dann gut gebrauchten, wenn wir Stress mit den Knirpsen oder anderen hatten. Vielleicht waren wir alle nur kleine, egoistische Arschlöcher, die sich Freunde nannten, aber eigentlich nur sich selbst meinten.

Als wir fertig waren, stand Hank auf und nahm den Kadaver aus seiner Weste. Wir gingen über den Parkplatz zur Straße, wo Hank den Vogel durch einen Gullydeckel drückte.

»Vielleicht kommt er irgendwann im Mittelmeer raus«, sagte er.

Dann fuhren wir nach Dahlenberg zurück.

Der Schlüssel in meiner Hand wog fast nichts. Ich schloss die Finger wieder und sah mich um. Ich war mir nicht sicher, was ich hier suchte und warum ich alleine gekommen war. Ich sah hinter dem Zaun das bläuliche Schimmern des Wassers, sah die zusammengestellten Stühle vor dem Kiosk, ein paar Getränkekisten, das Guckloch des Kassenhäuschens. Ich ließ die Schlüssel leise klimpern. Vielleicht würde Andy plötzlich aus der Dunkelheit treten und mir erklären, warum er uns das Ding gegeben hatte und was ich damit jetzt anfangen sollte. Aber es passierte nichts. Irgendwo fauchte eine Katze, sonst waren da nur mein Atmen und meine Schritte. Ich legte eine Hand ans Tor, sah zwischen den Stäben hindurch ins Bad. Ich könnte problemlos hineingehen, ein paar Runden schwimmen und wieder verschwinden, ohne dass es jemandem auffiel. Ich könnte sogar einige Sprünge üben und dann behaupten, ich habe den Doppelten hinbekommen. Ich zog mich am Tor hoch, es klapperte in den Scharnieren, ich ließ los und ging ein paar Schritte zurück. Vielleicht sollte ich den Schlüssel einfach ins Dahlenberger werfen und abhauen, mich hinlegen und endlich versuchen zu schlafen. Aber mir war klar, dass das keine Option war. Ich schob den Schlüssel zurück in die Hosentasche und hockte mich neben meinem Rad auf den Asphalt. Ich hatte überlegt, eine von Mutters Tabletten zu nehmen, um wieder mal richtig durchschlafen zu können, aber irgendwie hatte ich Schiss davor, woanders als in meinem Bett aufzuwachen und mich an nichts mehr erinnern zu können oder einfach gar nicht mehr aufzuwachen.

Ich zog die Beine heran, umfasste die Knie. Ich kam mir plötzlich ziemlich lächerlich vor und für Augenblicke war ich kurz davor, loszuheulen, aus Selbstmitleid und aus Wut darüber, dass ich nicht wusste, was ich tun sollte, nicht nur jetzt, sondern überhaupt. Unter Wasser bleiben und so lange wie möglich die Luft anhalten? Auf dem Brett auf und ab wippen? Mich in einer der muffigen Umkleiden einschließen? Vielleicht Klara einen Antrag machen. Mit Hank auf der Hercules abhauen. Jonas endlich vor seinem Vater retten. Schlussendlich wusste ich, dass das alles nur Fürze waren, dass es gar nicht darum ging wegzurennen, sondern die Sache irgendwie hinter sich zu bringen. Ich riss mein Rad hoch und fuhr langsam den Mühlenweg hinauf. Ein paarmal sah ich mich um, weil ich glaubte, in einem Garten ein Rascheln zu hören, aus einer Garage ein leises Zischen. Im Steinweg saß ich noch eine Weile auf den Stufen vor unserer Tür und sah die Straße hinunter. Aber alles blieb still. Schließlich ging ich hinein und legte mich ins Bett.

Kapitel 9

»Da geht's aber nicht zur Fabrik.«

Jonas bremste und fuhr einen engen Kreis, dann schloss er wieder zu mir auf. Wir radelten langsam den Mühlenweg hinauf und versuchten, den Abstand annähernd gleich zu halten. Andy eierte auf seinem orangefarbenen Klapprad die Straße entlang, hatte sich das Handtuch um den Hals geschlungen und hielt den Kopf gesenkt wie einer, der den Windschatten suchte. Wir mussten ständig bremsen, fuhren Kreise oder wurden so langsam, dass wir fast umkippten. Er war vor gut einer halben Stunde im Dahlenberger aufgetaucht und hatte uns aus unserer Mittagsdösigkeit herausgerissen. Er war gesprungen, als habe er nie etwas anderes getan, war dann noch einige Minuten am Beckenrand herumgestanden und hatte auf den Wasserfleck gestarrt, der sich unter ihm bildete. Als er ging, stieß mich Jonas an, und wir folgten ihm.

Wir kamen durch die Ortsmitte. Es war heiß und nichts los, die Kirche warf einen kühlen Schatten. Der Dammweg war leicht abschüssig, und als Andy die holprige Straße herunterfuhr, dachte ich für Augenblicke, Andy würde das Gleichgewicht verlieren und stürzen. Aber er hielt sich, begann wieder zu strampeln und fuhr an den Altglascontainern vorbei Richtung Sportplatz, weiter hinaus in die Felder. Er hatte sich bis jetzt kein einziges Mal umgeschaut, hing gekrümmt über seinem Klapprand und fuhr gegen den warmen Wind an. Wir kamen an der Kläranlage vorbei, dann erreichten wir den See. Andy sprang vom Rad, schob es die letzten Meter und lehnte es dann gegen einen Stamm. Er schloss es nicht ab, wickelte sich das Handtuch vom Hals und ging weiter, ohne auch nur einen Gedanken daran zu verschwenden, es könne ihm jemand folgen. Jonas bremste und sah mich an.

»Was will er hier?«

Ich zuckte die Schultern. Jonas stieg vom Rad und folgte Andy zwischen den Birken. Ich biss mir auf die Lippe. Warum konnte Andy nicht einfach nur ein Spacko sein wie jeder andere Spacko auch, ein bisschen schräg, ein bisschen anders, warum musste er ausgerechnet ein ganz besonderer Spacko sein, einer, den es so in Borndorf oder Eschbach nicht gab. Ich überlegte, bei den Rädern zu bleiben, als ich Jonas einmal pfeifen hörte. Ich warf mein Rad hin und lief los. Vielleicht hatte er etwas entdeckt, der Eingang zu einem Höhlensystem oder ein Baumhaus. Als ich bei ihm ankam, lehnte er an einem dünnen Stamm und spielte mit einer Zigarette.

»Wo bleibst du denn?«

Ich sah mich um. Von Andy keine Spur, nur ein Vogel flatterte aufgeregt davon.

»Ist er weg?«

»Scheint so.«

Jonas drehte die Kippe zwischen den Fingern und sah ins Laub hinauf, ich schlug nach einer Mücke.

»Ich war gestern bei der Fabrik«, sagte ich und sah mich um. »Ich bin ihm nach.«

»Und?«

»Plötzlich war er weg.«

»Vielleicht ist er nur ein Geist, und wir bilden ihn uns ein.«

»Vielleicht.«

»Phantom Andy.«

Schweigend standen wir unter dem säuselnden Laub der Birken und warteten darauf, dass er zurückkam. Aber er kam nicht. Nach einer Weile gingen wir zu den Rädern zurück und hockten uns an den Wegrand. Vielleicht würde er uns mit kleinen Kieseln bewerfen oder Vogelstimmen nachahmen. Aber es geschah nichts, es war nur heiß, das Shirt klebte mir am Rücken, und mein Schweiß zog Mücken an. Jonas deutete auf Andys Klapprad, das noch immer an einer Birke gelehnt dastand und in der Sonne leuchtete wie ein Warnschild.

»Sollen wir es versenken?«

Ich zuckte die Schultern.

»Oder wir stechen die Reifen platt. Schön blöd, es einfach so stehenzulassen.« Jonas stand auf, griff nach dem Lenker und zog es zu sich.

»Warten wir einfach, bis er zurückkommt«, sagte ich.

Jonas versetzte dem Rad einen Stoß, dass es scheppernd umkippte und setzte sich wieder neben mich. Über dem See brannten tausend kleine Sonnen. Obwohl ich schwitzte und einen trockenen Hals hatte, wollte ich nicht ins Wasser, selbst um aufs Brett zu steigen, fühlte ich mich im Moment zu schlapp. Ich sah hinauf ins Laub und fragte mich, ob es Typen wie Andy wirklich ernst meinten oder nur Spaß daran hatten, andere mit ihrer Art vor den Kopf zu stoßen oder so zu beeindrucken, dass es wie ein kleiner Schock war. Das Licht flirrte zwischen den Blättern, ich überstreckte meinen Kopf. Mit fiel ein Sprichwort von Oma ein: Stille Wasser sind tief. Dann noch eins: Geschlossene Truhen können auch leer sein. Vielleicht war Andy nichts weiter als das: ein hohles Versprechen. Plötzlich schreckte Jonas auf und packte mich am Arm.

»Das Rad.«

Er krabbelte auf allen Vieren hinüber zum Baum.

»Wo ist dieses Scheißrad?«

Ich versuchte auf die Beine zu kommen, hielt mich am Stamm fest und überblickte das Gelände. Andys orangefarbenes Klapprad war verschwunden. Ich hatte keine Ahnung, wie Andy das geschafft hatte, wir hatten ja nur ein paar Meter weiter gelegen und nicht mal richtig geschlafen. Ich wollte etwas sagen, schluckte aber nur. Jonas starrte regungslos zwischen die Bäume. Ich rief ihn, aber er reagierte nicht. Erst, als ich auf mein Rad stieg, fuhr er herum und kam zurückgetrabt. Er schwitzte und war bleich.

»Der Typ hätte uns abstechen können.« Jonas fuhr sich mit dem Handrücken über die Stirn. »Der stand bestimmt direkt vor uns.«

Ich fühlte mich müde, ausgelaugt, als sei ich schon tagelang mit Jonas unterwegs, um nach Andy zu suchen.

»Hauen wir ab«, sagte ich.

Langsam fuhren wir nebeneinander, vorbei an der Kläranlage, über die Brücke, dann lag das Dorf vor uns wie eine Filmstadt, die nur so tat, als bestünde sie aus echten Häusern. Wir bremsten, lehnten uns auf die Lenker. Jonas sah hinüber zum Dorf, seine Stimme war leise, fast nur ein Flüstern.

»Davor habe ich am meisten Angst«, sagte er. »Nicht mehr zu verstehen, was krumm und was gerade ist. Was schön und was hässlich. Ich hab den ganzen Scheiß auch in mir drin, verstehst du?«

Er sah mich an, und ich nickte nur.

Jonas presste die Lippen zusammen, dann grinste er. »Aber warum nicht einen kleinen Dachschaden?« Er stieg wieder auf. »Bis später dann in Borndorf«, sagte er und fuhr los.

Ich folgte ihm nicht sofort, stand noch eine Weile regungslos über den Lenker gebeugt und sah zu, wie Jonas' Gestalt langsam kleiner wurde und schließlich mit der Landschaft verschmolz.

Das Stadtfest in Borndorf fand jedes Jahr im Juli statt. Der sonst ziemlich leere Marktplatz war dann ein Chaos aus Bänken, Tischen und Sonnenschirmen, man hockte Seite an Seite, Rücken an Rücken, der Bühne zugewandt, drängte sich um die Bier- und Grillstände. Vom Marktplatz breiteten sich die Buden in die angrenzenden Gassen aus. Die ganze Stadt grölte, trank und taumelte durch ein heißes Sommerwochenende, die Liegen des DRK waren immer gut besucht.

Ich schaute wieder aufs Display meines Handys. Kein Anruf, keine Nachricht, nur die digitale Uhr tickte weiter. Das Duschen hatte überhaupt nichts gebracht, ich war schon wieder total verschwitzt. Ich bewegte meine Zehen in den Sneakers und lehnte mich auf der Bank zurück. Vielleicht hatte die Hercules wieder mal den Geist aufgegeben. Ich konnte die Musik vom Marktplatz hören, das dumpfe Gewummer der Fahrgeschäfte. Kleine Gruppen zogen lachend und trinkend an mir vorbei Richtung Innenstadt. Ich stand auf, sah ein letztes Mal die Straße lang, aber Hank tauchte nicht auf. Dann machte ich mich allein auf den Weg Richtung Markplatz.

Ich wollte zum Optiker, wo während des Stadtfests unser Treffpunkt war. Ich schlenderte an den Ständen vorbei, als ich Andy in einem schmalen Gang zwischen zwei Buden erkannte. Er stand mit dem Rücken zu mir, trug die schwarzen Shorts und das karierte Hemd und schien mit etwas beschäftigt. Ich schob meine Hand in die Hosentasche. Er sollte seinen verdammten Schlüssel wieder nehmen. Er hatte bewiesen, dass er es draufhatte, jetzt sollte er nach Borndorf oder Eschbach, um dort seine Show abzuziehen. Er war weitergegangen, gerade noch konnte ich seinen schmalen Körper in der Menge verschwinden sehen. Dosen schepperten, Gelächter, jemand rief laut den Namen eines Kindes. Ich versuchte dranzubleiben, aber dann verlor ich ihn wieder aus den Augen. Ich rieb mir die Stirn, stand auf einem Teppich roter Papiernieten und überlegte, was ich jetzt tun sollte. Hilflos sah ich mich um. Mein Handy vibrierte. Jonas war dran. Wo ich sei.

»Wo seid ihr?«

Wo sie immer seien. Ich legte auf, trat auf eine Fritte und ging dann auf direktem Wege zum Optiker. Die Mädels hatten sich aufgebrezelt, vor allem Elli sah in ihren hochhackigen Schuhen und den engen Jeans aus wie ein Modell. Beide waren geschminkt und rochen süßlich. Hank und Jonas trugen wie ich weite Shirts, Hank hatte sich eine Basecap übergezogen. Sie hockten im Schatten, ließen eine Flasche kreisen und machten Witze, als ich mich zu ihnen setzte.

»Schon voll?«

Jonas reichte mir die Flasche, ich nippte daran, dann nahm ich zwei tiefe Schlucke. Das Zeugs war pappsüß, schmeckte aber.

»Du kapierst es nicht, oder«, sagte Klara gerade zu Hank gewandt.

Der schürzte die Lippen.

»Es müssen immer zwei sein«, sagte Elli und fuchtelte mit ihrer Kippe durch die Luft.

»Von was redet ihr?« Ich gab die Flasche an Jonas weiter.

»Für den Shot«, sagte Klara und verdrehte die Augen. »Für den Shot müssen es immer zwei sein. Mister Alleskönner hier behauptet aber, dass er sich selbst einen geben kann.«

»Kann ich«, brummte Hank.

»Dann zeig mal.«

Er rührte sich nicht.

»Du kannst dir auch nicht selbst einen blasen.« Elli pustete Rauch aus und sah dabei ganz ernst und vernünftig aus. »Du machst den Mund auf, und der andere pustet dir den Rauch rein, dann ist es ein richtiger Shot.«

»Sonst ist es keiner, dann müsste es anders heißen.«

Ich spürte die erste Welle des Wodkas, lehnte mich zurück und lauschte nach einer Weile der Unterhaltung der anderen. Als die Flasche leer war, machten wir uns auf zu den Buden und Fahrgeschäften. Es war ein nahezu perfekter Abend, das Wetter mild, die Luft erfüllt vom Geruch nach Zuckerwatte, Frittenfett und verschüttetem Bier. Wir kauften eine Handvoll Lose. Hank und Jonas schossen auf Plastikenten. Vor allem Hank ging es hochkonzentriert an, wartete lange, während er über Kimme und Korn peilte. Dann schoss er schnell hintereinander und traf bis auf den letzten Schuss. Der Besitzer nickte anerkennend. Hank grinste breit und entschied sich für eine Rose, die er Klara mit einem Zwinkern gab. Anschließend machten wir am Autoskooter Halt. Während Jonas und Hank Marken kauften, stand ich neben Klara und sah über die Fahrfläche. Ich erkannte zwei Jungs aus meiner Klasse, die mir im Vorbeifahren zunickten. Ich nickte zurück und wollte mich gerade wieder Klara zuwenden, als ich Andy zum zweiten Mal sah. Er stand auf der anderen Seite der Fahrfläche, lehnte am Geländer und fummelte an seinem Hemdkragen herum. Jonas kam zurück und verteilte die Marken, ich winkte ab, und während die anderen in die Skooter stiegen, ging ich an der Fahrfläche entlang, auf Andy zu. Noch einmal würde ich nicht auf ihn reinfallen. Ich blieb stehen, tat so, als hielte ich nach irgendjemand Ausschau und linste zu ihm hinüber.

Als er loslief, folgte ich ihm. Ich ging nicht schnell, passte mich seinem Rhythmus an, ihn interessierte ja nicht besonders, was um ihn herum geschah. Eine Weile schlenderten wir an den Buden vorbei, blieben stehen, er sah sie etwas genauer an oder hörte bei irgendetwas zu, dann gingen wir weiter. Er hatte die Hände in die Taschen seiner schwarzen Shorts geschoben, den Blick zu Boden gerichtet. Sein Nacken war von der Sonne gerötet. Ich blieb stehen, ein Kind schrie, vor mir rangelte eine Gruppe Knirpse und rempelte mich an. Ich taumelte zurück, war kurz davor, einem von ihnen eine Ohrfeige zu verpassen, aber dann zögerte ich, fluchte leise. Wenn man Hank und Jonas brauchte, waren sie nicht da. Ich ging ein Stück weiter, versuchte über die Köpfe zu schauen. Dosen schepperten. Musik wummerte. Ich hatte Andy schon wieder verloren, schon wieder hatte er mich drangekriegt.

Ziellos streifte ich umher. Beim Breakdance lehnte ich mich ans Geländer und sah den herumwirbelnden Gondeln eine Weile zu. Die Stimme des Ansagers nölte aus den Lautsprechern, der Motor heulte auf. Mir fiel ein Mädchen auf, das in einer der Gondeln fuhr. Sie saß nicht wie die anderen, sondern stand fast aufrecht und hielt sich am Bügel fest, wie jemand, der auf einem unruhigen Pferd reitet. Ihre Haare flogen ihr um den Kopf, aber sie blickte konzentriert und mit einem leichten Lächeln auf einen unbestimmten Punkt hinter mir. Jedes Mal, wenn sie an mir vorbeirauschte, suchte ich ihren Blick. Die Runde erreichte ihren Höhepunkt, dann trudelten die Gondeln aus. Das Mädchen sprang heraus, strich sich die Haare aus der Stirn und zog an ihrer Hose. Sie wirkte völlig unbeeindruckt, lehnte sich neben dem Kassenhäuschen an die Wand und sah auf ihre Fingernägel. Ich rührte mich nicht von der Stelle, schaute zu ihr hinüber und fragte mich, ob sie zum Breakdance dazu gehörte. Sie stieß sich von der Wand ab, verschwand zwischen den Leuten, dann stand sie plötzlich vor mir.

»Was glotzt du so?«

»Nichts.«

»Was nichts?«

»Ich glotze nicht.«

Sie hatte die Arme verschränkt und machte ein ernstes Gesicht. Ich spürte, wie mir das Blut in den Kopf schoss. »Du glotzt mich an. Schon die ganze Zeit.«

»Und wenn schon.«

»Kann ich nicht leiden.« Sie sah mich ernst an.

Sie hatte ein schmales Jungengesicht, ihre Arme waren kräftig, sie trug ein ärmelloses Top und ein Shirt darüber. Ich spürte ein warmes Pulsen in den Schläfen, der Wodka machte mich ruhig und unvorsichtig.

»Hast du Zigaretten?«, fragte sie.

»Nein.«

Sie verzog den Mund, legte eine Hand aufs Geländer. »Willst du mal fahren?«

»Ich muss davon immer kotzen.«

Sie nickte, fast verständnisvoll.

»Bist du allein hier?«

»Ja.«

»Und wie heißt du?«

»Jan.«

»Ich bin Lisa.«

Ich folgte ihr, obwohl mich ein leichtes Zwicken im Nacken davor warnte. Wir gingen zwischen dem Breakdance und einer Bierbude über Kabelstränge, dahinter wohnten die Schausteller: Die Wohnwagen standen dicht zusammen, es roch nach frischer Wäsche und Bratwurst. Vor einem der Wagen sollte ich warten, Lisa verschwand im Inneren, kam kurz darauf wieder heraus und hielt mir eine Knarre an die Stirn.

»Idiot«, sagte sie und lächelte.

Ich starrte sie an.

»Hast du Geld dabei?«

Meine Hand zitterte, als ich die Hosentasche griff.

»Zwanzig Euro«, stammelte ich.

»Gib her.« Ich holte das Geld heraus, hielt es ihr hin. Sie sah es an, nahm es aber nicht.

»Ist nur Fake, das Ding«, sagte sie und steckte sich die Knarre in den Hosenbund.

Ihr Gesicht verschwamm, und ich hatte das Gefühl, die wummernde Musik der Fahrgeschäfte käme direkt aus meinem Magen. Lisa kaute auf ihrer Unterlippe.

»Kommst du aus diesem Kaff hier?«

»Nicht direkt, nein.«

»Und was machst du so?«

»Springen.«

»Springen?«

»Ja, vom Einer. Backflips, Arschbomben, sowas.« Ich zitterte noch immer.

»Vom Einer ist doch total langweilig.«

»Vom Zehner ist es langweilig.«

Ich ging zwei Schritte zurück, lehnte mich an einen Wagen. »Beim Einer brauchst du Kraft und eine Idee. Da musst du selbst Schwung holen, musst alles genau kennen, damit du überhaupt einen Sprung hinkriegst.«

»Du klingst wie ein Philosoph.«

Ich zuckte die Schultern. Lisa hockte sich auf die Deichsel des Wohnwagens und streckte die Beine aus. Ich sah sie an, wie sie dasaß mit überkreuzten Beinen, der Knauf der Waffe ragte aus ihrer Hose.

»Und was machst du so?«, fragte ich.

»Siehst du doch. Ich arbeite.«

»Und was?«

»Ich ziehe Idioten wie dich ab«, sie grinste, formte mit der Hand eine Pistole nach.

Sie fummelte sich eine Kippe aus der Packung. Die Sonne sank hinter die Häuser, in den Schatten flammten die Lichter der Buden auf wie kleine Feuerwerke. Lisa rauchte langsam, ich lehnte am Wohnwagen, und ich wusste nicht, was ich sagen sollte. Die meisten Mädchen interessierten sich nicht für eine saubere Arschbombentechnik, für Backflips oder einen Doppelten rückwärts.

»Ich muss jetzt los«, sagte Lisa und zerrieb die Kippe unter ihrer Sohle. »Gib mir mal deine Nummer.«

Sie fuchtelte mit der Knarre vor meinem Gesicht herum, während ich ihr meine Nummer diktierte.

»Kurz hast du aber gedacht, dass ich dich abzieh, oder?«

»Kurz ja.«

»Ich hätte es auch machen können.« Sie drehte sich um und lief davon. Ich blieb noch eine Weile an den Wagen gelehnt stehen und genoss das Alleinsein.

Ich ging einen Umweg, vorbei an der Grundschule und durch den kleinen Stadtpark. Auch hier wurde gefeiert. In Grüppchen saßen die Leute in den letzten Sonnenflecken, tranken, lachten. In der Nähe des Spielplatzes lungerten die Punks herum, maulten sich gegenseitig an, Hunde kläfften. Ich schlenderte, wurde langsam wieder nüchtern. Ich musste dringend etwas essen, dann konnte ich auch noch zwei oder drei Bier trinken.

»Bist du das? Jan?«

Ich blieb stehen, sah sie sofort. Sie lag im Schatten eines Baumes auf dem Rücken, bewegte die Arme hilflos wie ein Käfer. Kurz überlegte ich einfach weiterzugehen. Aber dann ging ich zu ihr, beugte mich über sie.

»Was ist los?«

»Mir geht‘s nicht so gut, Jan, nicht so gut.«

Mutters Gesicht glühte. Ich hatte sie noch nie so fahrig gesehen. Ihre Hose war verdreckt, ihr Oberteil über den Bauchnabel gerutscht.

»Bist du hingefallen?«

»Glaub schon, ja.«

»Wo sind denn die anderen, Inge und so?«

»Weiß nicht.«

Ich half ihr sich aufzurichten, kniete vor ihr. Ihr Haar war durcheinander, sie wischte sich durchs Gesicht, schielte ins Licht. Sie hielt sich an mir fest und weinte leise. Ich war mir sicher, dass sie betrunken war, zumindest roch sie nach Trollinger und Kräuterschnaps.

Ich wusste nicht, was ich sagen sollte, gab ihr ein Taschentuch. Sie schnäuzte sich, entschuldigte sich und strich mir übers Gesicht. Ich zuckte zurück, sah zu Boden, suchte in meinen Taschen nach etwas, begann zu schwitzen. Mutter stand umständlich auf, hielt sich mit wackligen Beinen an mir fest und schluchzte leise. Ich wollte sie packen und sie anbrüllen, dass sie sich gefälligst wieder einkriegen solle, dass nur ich das Recht hatte, besoffen auf der Wiese im Stadtpark herumzuliegen, dass sie zu alt dafür war.

»Ich ruf dir jetzt ein Taxi und dann fährst du heim«, stotterte ich und zog das Handy aus der Tasche.

Sie nickte. Langsam gingen wir durch den Park zur Straße. Mutter setzte sich auf den Bürgersteig, ich wählte die Nummer der Taxizentrale. Es würde eine Weile dauern. Ich blieb neben Mutter stehen, sah die Straße hinauf, auf ihre Schultern. Wenn jetzt Jonas oder Klara vorbeikämen, würde ich Mutter einfach sitzenlassen, so tun, als würde ich sie nicht kennen. Sie zog eine Packung Zigaretten und ein Feuerzeug aus ihrer Tasche.

»Seit wann rauchst du?«

»Manchmal.«

Sie stieß den Rauch aus, hustete und lehnte sich zurück. Ich verfluchte das elend langsame Taxi, sah jedem Wagen hinterher, der vorbeifuhr.

»Du machst es mal anders«, sagte sie und sah auf.

»Was soll ich anders machen?«

»Alles. Du bleibst nicht hier. Du wirst einen guten Beruf haben, Geld, eine nette Frau.«

»Ich weiß nicht.«

»Versprich mir es.«

Sie weinte wieder. Endlich bog das Taxi in die Straße ein. Mutter war wieder halbwegs nüchtern, sie konnte alleine gehen, stieg zitternd auf den Beifahrersitz, schloss die Tür aber nicht sofort.

»Versprich mir es«, wiederholte sie, wollte nach meinem Arm greifen.

»Leg dich gleich ins Bett.« Ich drückte langsam die Tür zu. »Ich werde auch bald kommen.«

Ich sah dem Taxi hinterher und fühlte mich beschissen. Ab einem gewissen Punkt lief das Stadtfest immer aus dem Ruder. Vor zwei Jahren war Klara plötzlich ohnmächtig geworden, wir hatten sie aus der Menge geschleift und waren mit ihr in die Notaufnahme. Kreislaufkollaps, zu viel Smirnoff, zu wenig Wasser. Und letztes Jahr hatte sich Jonas in eine Prügelei reinziehen lassen, war einem Typen ins Kreuz gesprungen und hatte wie ein Irrer auf ihn eingedroschen, bis Hank und ich ihn wegzogen. Wir alle mussten mit aufs Revier und verbrachten die halbe Nacht auf der Dienststelle, bis Jonas' Vater ihn abholte und wir zu Fuß nach Dahlenberg trotteten. Und dieses Jahr hatte es mich erwischt: Zuerst wurde ich von einem Breakdance-Mädchen fast abgezogen, dann hatte ich Mutter betrunken im Stadtpark gefunden.

Ich spuckte aus. Ich brauchte dringend etwas zu essen. Eine Kippe hatte mir zwei kleine Löcher in die Hose gebrannt. Ich saß unter den Schaufenstern des Optikers und pulte an meiner Hose herum, blickte ab und zu auf, sah aber keine bekannten Gesichter. Ich hatte mir auf dem Weg ein Bier geholt, hielt mir den kalten Becher an die Wange und trank in kleinen Schlucken. Dann kratzte ich den verkohlten Rand der Brandlöcher vorsichtig ab, so dass kleine, fast kreisrunde Punkte auf der Shorts zurückblieben. Nach einer Weile stand ich auf und ging los. Ich wusste nicht genau wohin, schlenderte am Rand der Gasse lang und lehnte mich schließlich nahe der Grundschule an die kleine Mauer, die den Pausenhof einfasst. Ich kaute jeden Schluck, sah in die Menge. Das Bier schmeckte irgendwie komisch, als habe jemand Blumenerde untergemischt. Von der Hauptbühne drang der Lärm einer Coverband herüber. Ich wippte mit dem Fuß im

Takt mit, trank und überlegte, auch nach vorne zu gehen, als ich plötzlich Elli in der Menge auftauchen sah. Sie blieb einen Augenblick lang stehen und sah hinter sich, dann trafen sich unsere Blicke. Ich hob meinen Becher und stieß mich von der Mauer ab. Elli war schon ein Stück weitergegangen. Ich wollte etwas rufen, ging in ihre Richtung und winkte ihr, aber sie starrte mich nur an. Und plötzlich begriff ich, dass Elli gar nicht eingeholt werden wollte. Sie ging an der Seite eines Mannes, den ich noch nie gesehen hatte. Ich konnte nicht genau erkennen, ob er sie an der Hand hielt oder sie nach ihm griff, während sie mich noch immer ansah. Ich blieb stehen. Elli stolperte vorwärts, dann war sie verschwunden. Ich trank mein Bier leer und ging langsam zum Optiker zurück, hockte mich hin und lehnte den Kopf gegen die Wand. Hank tauchte aus der Menge auf. Er hatte sich Bier über die Hose gekippt, ließ sich grinsend neben mir fallen und zog die Beine an den Körper.

»Alles klar?«, sagte ich.

»Irgend so ein Depp hat mich angerempelt.« Hank rieb sich die Hände an der Hose ab. »Wollt ihm eine Schelle geben, aber der war doppelt so breit wie ich.«

»Wo sind die anderen?«

»Vorn an der Bühne.«

»Elli ist mit irgend so einem Typen unterwegs«, sagte ich.

»Vielleicht von ihrer Schule.« Hank machte sich lang.

»Er war viel älter als sie.«

»Ihr Vater?«

»Ich weiß, wie ihr Vater aussieht. Das war er nicht.«

»Keine Ahnung. Vielleicht ein Bekannter vom Vater.«

Schweigend sahen wir in die Menge. Kurz darauf kam Klara und setzte sich zu uns. Sie war schon ziemlich betrunken, lehnte sich gegen mich und legte nach einer Weile ihren Kopf in meinen Schoß, wie eine Katze nach einer langen Nacht des Lauerns und der Jagd.

»Weißt du, mit wem Elli unterwegs ist?«, fragte ich.

»Mit wem soll sie unterwegs sein?«

»Jan sieht irgendwelche Geister«, schaltete sich Hank ein.

»Elli hat keinen Typen«, sagte Klara.

»Vielleicht hat sie jemanden kennengelernt.«

»Vor einer Stunde waren wir noch vorn an der Bühne.«

Jonas löste sich aus der Menge, hockte sich neben mich und zog die Beine an.

»Eine Ahnung, wo Elli ist?«, fragte Klara.

Jonas schüttelte nur den Kopf. Er schien in Gedanken oder war besoffen, starrte vor sich auf die Pflastersteine. Keiner sagte mehr etwas. Wir waren alle schon ziemlich hinüber, die Dinge um uns verloren an Kontur und Bedeutung und wir wollten uns keine Sorgen machen. Elli ging es gut, sie hatte wohl jemanden getroffen, vielleicht war es jemand aus ihrer Familie gewesen, den wir nicht kannten. Klaras Kopf lag noch immer in meinem Schoß, sie hatte sich Hanks Rose in den Ausschnitt geschoben und döste. Auf dem Marktplatz spielten sie jetzt *Marmor, Stein und Eisen bricht,* Hank sang leise mit, Jonas und ich schwiegen. Wir warteten, aber Elli kam nicht zurück. Schließlich standen wir auf und machten uns auf dem Weg zum Stand mit den frittierten Calamari, denn wir hatten mittlerweile alle riesigen Hunger.

Ich blieb stehen und sah hinüber zum Wald. Jonas war nur noch ein dunkler Schatten, die Glut seiner Kippe glomm immer wieder auf. Klara und ich hatten kaum ein Wort gewechselt. Wir konzentrierten uns die meiste Zeit auf den Weg, auf Jonas' schmale, aufgeschossene Gestalt vor uns, die wie ein Geist immer wieder im Nachtschatten der Bäume verschwand und neu auftauchte. Wir konnten ihn pfeifen hören.

»Ich hab jemand kennengelernt«, sagte ich, »beim Breakdance.«

Ich sprach leise, als würde ich es nicht so ganz glauben. Klara sagte nichts, sie sah mich auch nicht an. Ich hörte sie leise atmen, unsere Schritte waren aus dem Takt.

»Und?«

»Und was?«

»Habt ihr rumgemacht?«

»Nein.«

Klara kicherte. Sie war betrunken, und wenn sie betrunken war, kicherte sie, redete Stuss und gefiel mir noch eine Spur besser als sonst. Ich lächelte und sah zu Boden, obwohl sie mein Gesicht sowieso nicht richtig sehen konnte.

»Wusste ich doch, dass du verliebt bist.« Klara schubste mich, ich taumelte Richtung Acker. »Jetzt hast du deine Traumtussi gefunden, ihr macht ein paar Kinder und kauft euch ein Haus und der ganze Scheiß.«

»Vielleicht.«

»Vielleicht.« Klara prustete los, hielt sich die Hand vor den Mund und gluckste.

Wir schlossen zu Hank und Jonas auf und hockten uns zu ihnen an den Wegesrand. Elli war nicht mehr aufgetaucht und reagierte auch nicht auf Anrufe, aber wir hatten beschlossen, uns erstmal keine Sorgen zu machen und heim zu gehen. Allmählich setzte sich die gezackte Linie des Waldes gegen den Himmel ab, es wurde langsam Tag. Jonas lag ausgestreckt auf dem Weg und stieß kleine Rauchwolken aus dem Mund wie eine Dampflok.

Ich bewarf ihn mit Steinchen, aber er reagierte nicht, er lag ganz ruhig da, und für Augenblicke wusste ich nicht einmal mehr, ob er noch atmete. Ich krabbelte auf allen Vieren zu ihm und legte mich neben ihn. Der Asphalt war immer noch warm. Klara und Hank wirkten im Dämmerlicht wie zwei Schaufensterpuppen, die man am Wegrand vergessen hatte. Ich drehte mich auf die Seite, so dass ich Jonas' blasses Gesicht sehen konnte. Er starrte zu einem unbestimmten Punkt über uns.

»Alles klar?«, fragte ich.

»Vielleicht bin ich schon verrückt und merke es gar nicht.«

»Vielleicht.« Ich drehte mich wieder auf den Rücken.

»Und du merkst es auch nicht, keiner merkt es. Weil eigentlich alles umgedreht ist, aber jeder nur sich selbst im Spiegel sieht und gar nichts mitkriegt. Eine optische Täuschung. Alles, was wir sehen, ist nur eine Projektion, ein Film. Du bist nur eine Figur darin, Klara, Hank, dieser Andy, Hackenbarth. Alles nur Komparsen.«

»Dann könnten wir auch locker den Doppelten springen. Ist ja nur ein Film.«

»Ist ja nur ein Film.«

Jonas richtete sich auf und drückte die Kippe auf den Asphalt. Wir konnten Hank und Klara kichern hören.

»Hast du den Schlüssel dabei?«

»Sollte ich?«

»Ich will ins Dahlenberger.«

Wir liefen den Dammweg hoch, den Burggraben entlang durch das stille Dorf. Die ersten Vögel waren zu hören. Als wir das Dahlenberger erreichten, war es schon so hell, dass wir die einzelnen Stühle drüben am Kiosk voneinander unterscheiden konnten. Leise kletterten wir über den Zaun und gingen ans Becken.

Von Hackenbarth keine Spur, das Wasser lag unbewegt im Becken, wie Gelee. Jonas begann sich auszuziehen und sprang als erster. Hank und ich beeilten uns, ihm zu folgen, während sich Klara auf die Bank legte, die Beine anzog und uns dabei zusah, wie wir nacheinander nackt aufs Brett stiegen, Anlauf nahmen und sprangen. Wir waren noch nie nackt ins Dahlenberger gesprungen, und es fühlte sich großartig an, als sei ich zum ersten Mal seit Ewigkeiten im Wasser. Wir strampelten mit den Beinen, zogen uns an der Nichtschwimmerleine aus dem Wasser und ließen uns wieder fallen.

»Komm schon Klara!«

»Wir sind auch nackt.«

Aber Klara rührte sich nicht. Ich warf mich ins Wasser zurück, tauchte unter. Das Lampenlicht flutete um mich und verlor sich allmählich in der Tiefe. Ich ruderte gegen den Auftrieb, berührte schon den Beckenboden. Und gerade als ich mich abstoßen und hinaufschießen wollte, sah ich ihn. Andy kam aus der schwarzen Tiefe zu mir heraufgetaucht, mit langen, kräftigen Zügen zog er sich aus der Dunkelheit. Ich sah ihn verblüfft an. Blasen stiegen ihm aus Mund und Nase. Ich spürte, wie die Luft knapp wurde und etwas auf meine Kehle drückte. Andy drehte sich auf den Rücken und paddelte an mir vorbei, seine schwarzen Haare schwebten um seinen Kopf, seine Bewegungen wirkten völlig unangestrengt. Er trieb langsam ins Leuchten der Beckenlampen und löste sich auf. Ich schoss an die Wasseroberfläche.

»Habt ihr ihn gesehen?«

Jonas und Hank hingen an der anderen Beckenseite am Rand und strampelten mit den Beinen. Ich schwamm zu ihnen, japste nach Luft.

»Er war direkt vor mit, hier im Becken.«

»Was meinst du?«

»Der Typ. Andy. Er ist hier.«

»Schwachsinn.«

»Wieviel Bier hattest du?«

»Sicher nicht mehr als du.«

»Hier ist niemand.«

Ich schnaubte mir das Wasser aus der Nase, fuhr mir übers Gesicht.

»Scheiße«, keuchte ich.

Jonas spuckte Wasser nach mir und sah mich von der Seite aus an wie jemand, der am Ende doch immer Recht behielt.

»Wir sind halt schön besoffen«, kicherte Hank. »Ich seh auch riesige Fledermausvampire.«

»Ich hab ihn gesehen.«

Ich zog mich aus dem Wasser und tappte zurück zur Bank, wo ich in meine Shorts schlüpfte und mich vor Klara auf die Steinplatten hockte. Sie atmete gleichmäßig, und ich wünschte, ich könnte auch schlafen wie sie. Kurz darauf kamen auch Hank und Jonas. Sie zogen sich an und legten sich neben mich auf den Boden. So verharrten wir schweigend, lauschten Klaras Atemzügen, dem leisen Gluckern des Wassers in der Überlaufrinne, über uns schossen die Feldermausvampire durch die Luft und irgendwo auf der Liegewiese hockte Andy und grub sich ein Loch für die Nacht.

Schmale Wolkenbänder zerfaserten im ersten Licht. Ich überlegte, ob jetzt der richtige Augenblick war, um es ihnen zu sagen. Wir waren alle noch angeduselt, müde, ergriffen. Ich richtete mich auf, doch bevor ich den Mund aufmachen konnte, sah ich auf der anderen Beckenseite die schmale, hochaufgeschossene Gestalt Hackenbarths. Er stand dort und sah zu uns herüber, er musste dort schon eine ganze Weile stehen, denn er stützte sich auf seinen Kescher. Er bemerkte mich und hob eine Hand, und ich grüßte zurück. Auch die anderen hatten ihn bemerkt, sahen stumm zu ihm. Hackenbarth tauchte das Netz ins Becken und begann damit, Blätter und Gräser aus dem Wasser zu fischen. Wir sahen ihm eine Weile dabei zu, seinen weit ausholenden, ruhigen Bewegungen wie bei einem erfahrenen Fischer, der jeden Tag hinunter an die Klippen kommt und seine Netze ins türkisblaue Wasser auswirft. Er beachtete uns nicht weiter, arbeitete konzentriert und mit der Ausdauer eines erfahrenen Bademeisters. Zweimal schüttelte er das Netz über einem Eimer aus. Irgendwann standen wir auf, Klara gähnte und streckte sich und hackte sich bei mir ein. Langsam schlenderten wir am Becken entlang Richtung Dusche, und als wir das Duschbecken durchquert hatten, hörten wir Hackenbarths Stimme hinter uns.

»Bis später dann.«

Wir sahen uns an.

»Bis später«, rief Jonas.

Dann gingen wir zum Zaun und verließen das Dahlenberger.

Kapitel 10

»Können wir kurz mit dir reden?«

Ich stand in der Tür und blinzelte ins Licht. Beim Anblick der dunkelblauen Uniformen wurde mir übel. Ich wollte locker bleiben, zog aber unwillkürlich die Arschbacken zusammen und machte mich gerade.

Ich sah mich um. Mutter war nicht da. Sie hatte mir nur einen Zettel hinterlassen, dass es ihr wieder besser ginge und sie mit ein paar Freunden eine kleine Radtour mache. Wenn man seine Eltern mal brauchte, hockte die eine über einem Glas Wein in irgendeiner Wirtschaft und vom anderen hörte man seit Wochen kaum.

Ich brachte keinen Ton hervor, schwitzte, wollte irgendetwas Schlaues sagen.

»Es geht um Elisabeth Richter. Sie ist doch eine Freundin von dir, oder?«

Ich nickte.

»Sie ist seit gestern verschwunden. Weißt du was darüber? Wann hast du Elisabeth zum letzten Mal gesehen?«

»Gestern, beim Stadtfest.«

»Wann genau?«

»Keine Ahnung.«

Der Beamte hielt einen kleinen Notizblock in der Hand, schrieb aber nichts, sondern nickte nur, als wisse er meine Antworten schon im Voraus. Seine Kollegin schwieg, sah an mir vorbei in den Gang. Sie hatte ihr dunkelblondes Haar zu einem Pferdeschwanz zusammengebunden, ihre Wangen waren von der Hitze gerötet.

»Ist dir irgendwas an Elisabeth aufgefallen? War sie anders als sonst?«

»Nein.« Ich zuckte die Schultern. »Sie war eigentlich wie immer.«

»Wie immer«, brummte der Beamte und klickte mit dem Kugelschreiber. »Hat sie einen Freund?«

»Weiß nicht.«

»Du weißt es nicht?«

»Ich glaube nicht.«

Die Kollegin sah auf meine nackten Füße. Beide Beamten trugen schwarze Stahlkappenstiefel. Wir schwiegen, der Beamte machte sich ein paar Notizen, während seine Kollegin an ihrem Gürtel herumfummelte. Ich hatte einen brennenden Durst, getraute mich aber nicht hineinzugehen. Also blieb ich an den Türrahmen gelehnt stehen, schwitzte und wartete darauf, dass einer etwas sagte.

»Falls du etwas erfährst.« Der Beamte reichte mir seine Visitenkarte.

Ich drehte sie und nickte.

»Schönen Tag noch.«

Ihr Dienstfahrzeug stand auf der anderen Straßenseite im Schatten. Ein Knirps hatte davor gehalten und schreckte jetzt zurück. Ich merkte, dass ich zitterte, meine Hände waren eiskalt. Bis vor einer halben Stunde war mir nicht klar gewesen, wie ernst die Sache mit Elli war. Jetzt stand ich da und kaute auf meiner Lippe herum, wollte ihnen nachlaufen, von dem älteren Mann erzählen, von Ellis Blicken, aber ich war wie gelähmt. Der Wagen ruckte nach vorn, startete erneut. Dann glitt das Fahrzeug langsam den Steinweg hinunter. Auf die staubig verdreckte Heckscheibe hatte der Knirps einen erigierten Penis und zwei dicke Eier gemalt. Er zog jetzt eine Grimasse, schwang sich auf sein BMX und raste davon, dem Polizeiwagen hinterher.

Ich ging zurück in die Küche, drehte den Wasserhahn auf und hielt meinen Kopf unter den Strahl. Mit tropfenden Haaren ging ich wieder auf die Terrasse und blieb eine Weile regungslos vor dem Tisch stehen, spürte, wie mir das Wasser in den Nacken lief und weiter den Rücken hinunter. Ich hatte einen dicken Kloß im Hals und schluckte einige Male. Irgendetwas lief ziemlich daneben. Mir wurde schwindelig, und ich musste mich am Stuhl festhalten. Plötzlich begann ich leise zu flennen, ich konnte nichts dagegen tun. Ich zuckte zusammen, holte Luft und zog den Rotz hoch. Ich ging ein paar Schritte, wischte mir übers Gesicht und spuckte in die Beete. Eigentlich war der Sommer immer dazu da gewesen, auf dem Handtuch zu fläzen, ein paar Bomben und Backflips zu springen und die Dinge laufen zu lassen. Und jetzt war der Sommer da, und die Dinge liefen, aber nicht so, wie sie eigentlich sollten: Sie überholten mich in einem Tempo, das ich unmöglich mithalten konnte. Ich hockte mich in Mutters Liegestuhl, wischte mir die Tränen aus dem Gesicht und schloss die Augen. Ihre Hände griffen nach mir, Jonas', Klaras, Hanks Hände. Sie flüsterten mir zu: Lass dich fallen, wir fangen dich, lass los. Ich zögerte. Sie kannten mich nicht, sie wussten nicht, wie schwer ich war, wie ich mich in der Luft drehen würde. Ihre Stimmen wehten zu mir herauf. Ich sah sie nicht, hörte nur das

Gemurmel, und ich wusste, dass es keinen anderen Weg gab als den nach unten.

Als ich ins Dahlenberger kam, waren die anderen schon da. Ich warf meinen Rucksack auf meinen Platz und hockte mich hin. Ich wusste, dass ich spät dran war, dass Jonas und Hank schon ein paar Sprünge hinter sich hatten und sich von der ersten Runde erholten, dass Klara eine Weile auf den Holzbänken gedöst hatte, bis es zu heiß wurde.

Ellis Platz war leer, keiner von ihnen hatte dort sein Handtuch ausgebreitet.

»Was von Elli gehört?« Ich zog die Beine an.

Klara schüttelte den Kopf. Jonas lag auf dem Rücken, er rauchte und starrte ins Laub der Platane hinauf. Hank zog kleine Fäden aus seinem Handtuch. Ich hatte alle Möglichkeiten durchgespielt: Elli in einem Zugabteil, am Randstreifen der Autobahnzufahrt, auf dem Beifahrersitz einer dunklen Mittelklasselimousine, in der Schlange am Fahrkartenschalter. Sie hatte Verwandte in München und Salzburg. Sie war als Kind die Strecke einige Male gefahren, hatte sich beim Anblick der Alpen das Gesicht an der Scheibe plattgedrückt, sie kannte den Englischen Garten und den Marienplatz. Und dann zuckte es dazwischen: Bilder von Plastiksäcken, von abgelegenen Waldstücken, von Spürhunden und Hundertschaften mit Teleskopstangen.

»Die Polizei war bei mir«, sagte ich leise.

»Sie war bei uns allen.« Jonas sah mich nicht an, er drehte seine Kippe und blies in die Glut.

»Habt ihr was gesagt?«

»Dass wir nichts wissen. Dass sie plötzlich einfach nicht mehr da war.«

Ich streckte die Beine aus, fühlte, wie sich der Schweiß in meinem Nacken sammelte. Ich griff nach meinem Handtuch und sah die anderen abwechselnd an. Einen Augenblick lang bildeten wir vier ein Quadrat: Hank mit müder, aber irgendwie amüsierter Miene, Jonas auf dem Rücken, die Augen zusammengekniffen, Klara mit roten Wangen und Schatten unter den Augen und schließlich ich selbst. Das Dahlenberger lärmte um uns herum, aber wir gehörten heute nicht dazu.

»Ich geh mal ins Wasser«, sagte ich.

Da das Brett gesperrt war, stieg ich auf einen der Startblöcke und sprang einen einfachen Salto. Ich spreizte die Beine vor dem Aufprall auseinander und krachte ins Wasser, tauchte und fühlte mich sofort besser. Plötzlich gab es keine Geräusche mehr, alles um mich herum verschwamm und wurde unendlich langsam. Ich ließ ein paar Blasen aufsteigen, drehte mich, ruderte mit den Armen. Wenn es nach mir ginge, hätte die Evolution dem Menschen ein paar Kiemen lassen können. Langsam trieb ich wieder an die Oberfläche und holte tief Luft. Ich sprang noch zweimal, dann hatte ich ein helles Pfeifen in den Ohren und ging zu den anderen zurück. Sie lagen fast unverändert auf ihren Plätzen. Ich atmete in mein Handtuch.

»Eine Lisa hat angerufen.« Jonas reichte mir mein Handy.

Ich starrte ihn an.

»Es hat eine halbe Ewigkeit geklingelt.«

Ich nahm es, ging ein paar Schritte und wählte ihre Nummer. Ob ich nochmal nach Borndorf käme, heute sei ihr letzter Tag. Ich schluckte.

»Vielleicht später«, sagte ich.

Sie wolle mich aber gleich sehen. Ich sah zu den anderen, dann nickte ich.

»In einer halben Stunde«, sagte ich, legte auf und begann meine Sachen zu packen.

Es gab Frühschoppen und Blasmusik. Die Bänke waren schon gut besucht, die Sonne knallte herunter und ließ Glatzen rot aufglühen. Ich hatte mein Fahrrad am Bahnhof abgestellt und drängte mich an den Leuten vorbei. Der Geruch nach Bratwurst und schalem Bier machte mich benommen. Lisa stand am Breakdance, lehnte sich ans Geländer und lächelte, als sie mich kommen sah. Sie trug ein weites altes Männerhemd, hatte die Ärmel hochgeschlagen und sich irgendwas auf die Hand gekritzelt.

»Gut geschlafen?« Sie fasste mich am Arm und zog mich zu sich.

Ich nickte, verwirrt über ihre direkte Art. Sie roch nach Kaugummi und Schweiß, aber nicht so, wie Hank und Jonas manchmal rochen, sondern feiner, anziehender.

»Komm, wir fahren jetzt mal eine Runde.«

Obwohl ich eigentlich nicht wollte, folgte ich Lisa zu den Gondeln. Sie hielt mich noch immer am Arm, zog mich hinter sich her und drückte mich in den Sitz. Dann warf sie sich neben mich, klappte den Bügel zu und streckte ihre Beine seitlich hinaus. Sie hatte sich ihre Haare zu einem Pferdeschwanz gebunden, und wenn sie den Kopf drehte, wuschelte er mir im Gesicht herum. Wir waren die einzigen Fahrgäste. Langsam begann sich das Ding zu drehen, die Musik wummerte heftig, als käme sie direkt aus meinem Magen. Lisa richtete sich auf. Noch war das Tempo gemächlich, aber dann nuschelte eine Stimme über die Lautsprecher was von »Los geht's hier« und eine dumpfe Tröte läutete die nächste Stufe ein. Ich wurde in den Sitz gedrückt und hielt mich mit beiden Händen am Bügel fest, versuchte irgendeinen Punkt zu fixieren. Lisa stand noch immer neben mir, sie bewegte sich keinen Millimeter, sie sagte nichts, stand nur da und ließ ihre Haare im Wind flattern. Die Maschine heulte auf. Ich hatte Panik, dass unsere Gondel abreißen und wir in einen der Bierstände fliegen würden und krampfte meine Hände um die Bügelstange. Alles verwischte, ich starrte auf meine Sneakers und biss mir auf die Lippe. Unsanft wurde ich gegen den Bügel gedrückt, wieder in den Sitz geworfen, kippte nach rechts, prallte gegen Lisa. Ich begann zu keuchen, mir wurde kotzübel. Lisa schaukelte nur leicht, sie stand da, als sei sie mit der Gondel verwachsen, und als das Ding endlich austrudelte, sprang sie früher ab und lief nebenher.

»Alles klar?« Lisa beugte sich zu mir.

Ich nickte und ließ den Bügel los. Meine Knie zitterten, und als ich aus der Gondel stieg, dachte ich für Augenblicke, ich würde umkippen. Ich hielt mich an Lisas Schulter fest, schnaufte ein paarmal.

»Ganz schön heftig um die Zeit«, sagte ich.

»Gewöhnung.«

Wir gingen nach hinten zu den Wohnwagen. Lisa zündete sich eine Zigarette an und hockte sich auf die Deichsel. Sie begann leicht zu wippen und sah mich an.

»Schon mal dran gedacht, abzuhauen?« Lisa pustete kleine Wölkchen aus und sah ihnen nach. »Ich mein, hier ist es doch scheiß langweilig.«

Ich zuckte die Schultern.

»Das heißt nein, oder was?«

»Hab noch nicht drüber nachgedacht.«

»Dann glaubst du auch, dass das hier die Scheißwelt ist, die paar Häuser, die Typen auf den Bänken. Das ist die Scheißwelt. So ein kleines Nussding.«

Lisa leckte sich über die Lippe.

Ich glotzte sie an und sagte nichts, hörte den Breakdance und die Blasmusik, jemand brüllte einen Namen. Ich blinzelte in die Sonne, die senkrecht über dem Wohnwagen stand, und mir wurde wieder flau im Magen. Was wusste Lisa schon von Dahlenberg, von Elli, Klara, Hank und Jonas, von unseren Sprüngen, von Hackenbarth und der Königin, davon, was es bedeutete, etwas zu wollen, aber genau zu wissen, dass es nicht reichen würde, dass es eigentlich Schwachsinn war, es weiter zu versuchen, aber man konnte es trotzdem nicht lassen. Ich schob eine Hand in die Tasche, wollte gehen.

»Ich mach dir jetzt ein Tattoo.« Lisa zog einen Kugelschreiber aus ihrer Tasche. »Wohin willst du‘s?«

Ich sah sie überrascht an.

»Wohin?«

»Ist mir egal.«

»Dann Hose runter.«

Ich zog den Ärmel meines Shirts über die Schulter.

»Hier«, sagte ich.

Ich musste mich auf den Boden setzen und Lisa begann mit dem tätowieren. Während sie mit angestrengter Miene über meinem Arm hing, kriegte ich das Bild nicht aus meinem Kopf, wie sie mir das Tattoo auf den Schwanz malte. Ich schob meine Beine zusammen, aber Lisa war so beschäftigt, dass sie nichts anders mehr mitkriegte. Irgendwann richtete sie sich auf.

»Sieht scheiße aus.« Sie steckte sich den Kugelschreiber zwischen die Zähne und wischte mit einem Finger an meinem Arm herum.

»Zeig mal.« Ich zog den Arm weg und sah auf das dunkle Gekritzel auf meiner Haut. »Was ist das?«

»Ein Drache, du Idiot. Das soll ein Drache sein.« Lisa warf den Stift gegen den Wohnwagen und ging Richtung Breakdance davon.

Als ich vor unserem Haus vom Fahrrad stieg, hockte Jonas auf der Treppe und gähnte. Ich lehnte mein Rad gegen den Zaun und blieb vor ihm stehen. Er presste die Lippen zusammen und versuchte ein Lächeln.

»Und?«, fragte er.

Ich zuckte die Schultern. Es war früher Nachmittag, die Luft flirrte von Insekten und über den Dächern hing der Geruch von Grillkohle und vertrockneter Wiese.

»Seht ihr euch wieder?« Jonas stand auf.

»Keine Ahnung.«

Jonas nickte, wir schwiegen. Ich war mir ziemlich sicher, nie wieder was von Lisa zu hören.

»Kommst du noch mit?« Er schulterte seinen Rucksack.

»Eigentlich wollte ich eine Runde pennen.«

»Ich will dir was zeigen.«

Wir fuhren den Burggraben hinunter, Richtung Dahlenberger. Dort stellten wir die Räder ab, gingen aber nicht hinein, sondern machten uns auf den Weg hinauf in die Weinberge. Im Vorbeigehen sahen wir die Königin im Kassenhäuschen: Sie hatte die Augen geschlossen, vor sich ein Radler und lauschte einem Klavierstück, das gerade im Radio gespielt wurde.

Wir gingen weiter, am Zaun lang, sahen auf die noch immer vollbesetzte Liegewiese, und es kam mir so vor, als gehörten Jonas und ich in diesem Moment nicht dazu, als seien wir zwei Fremde auf der Durchreise. Wir liefen nicht den ganzen Hainschlag hinauf, sondern bogen vorher vom Weg ab und folgten einem schmalen Trampelpfad in die Wiesen. Vor einem Zaun blieben wir stehen. Es war das Grundstück von Jonas' Großeltern, die jetzt in einem Heim in Borndorf lebten und nur noch selten hierher kamen. Wir hatten dort mal zwei Wochen gezeltet, danach hatte uns sein Opa verboten, den Garten nochmals zu betreten. Das Grundstück lag im Schatten alter Apfelbäume, es gab Beete mit Zierpflanzen und Kartoffeln. In der Mitte stand ein grünes Gartenhaus, das Jonas' Opa aus alten Latten und Nägeln gezimmert hatte, sogar einen kleinen Keller für Getränke hatte er in den Boden eingelassen und mit Beton ausgegossen. Im hinteren Teil lag der Schuppen.

»Und?«, fragte ich

»Wart's ab.«

Jonas zog die schmale Schuppentür auf und verschwand im Halbdunkel. Ich zögerte und schlug nach einer Stechmücke. Kurz darauf kam er wieder heraus, in der Hand hielt er ein Paket alter Lappen. Er sah mich verschwörerisch an. Dann schlug er die Lappen auf.

»Schönes Ding, oder?«

Die Waffe lang schwarz und glänzend auf seiner Hand, wie ein uralter Stein.

»Woher hast du die?«

»Gehört meinem Opa. Hat er aus Russland, eine Makarow. Meine Oma wollte die nicht in der Wohnung haben, also hat er sie im Schuppen versteckt. Ich glaub, er weiß gar nicht mehr, dass es sie noch gibt.«

»Ist sie geladen?«

»Noch nicht.« Er kramte aus dem Rucksack eine kleine Pappschachtel.

»Scheiße«, murmelte ich.

»Hab ich von Kamil.«

Ich kannte den Namen. Kamil war Pole und hatte Jonas' Opa manchmal im Garten geholfen, Bäume schneiden, beim Schuppenbau, er mähte den Rasen und hielt die Beete in Schuss.

»Einfach so?«

»Nein, ich hab ihm einen blasen müssen.« Jonas grinste und zog das Magazin aus der Waffe. »Ich hab bezahlt, was denkst du denn.«

Jonas drückte die Patronen ins Magazin, schob es wieder in die Waffe und zog den Lauf zurück. Dann hielt er sie mir hin.

»Schon mal geschossen?«

Ich sah Jonas an, dann die Waffe. Das dunkle Metall schimmerte schwach, ich nahm sie ihm aus der Hand und war erstaunt, wie schwer und kühl sie sich anfühlte, obwohl sie nicht besonders spektakulär aussah. Ich sah mich um, wusste nicht, worauf ich zielen sollte.

»Ziel auf den Kompost da«, sagte Jonas, »und halt sie besser mit beiden Händen fest.«

Ich hob den Arm, legte den Finger über den Abzug. Ich dachte an Lisas Kinderknarre und hätte fast losgelacht, so albern kam mir die Situation vor, als sie mir das Ding unter die Nase hielt und mich abziehen wollte. Ich atmete flach, versuchte, mich nicht zu bewegen. Eigentlich hatte ich nicht vorgehabt abzudrücken, aber jetzt begann mein Arm zu zittern, und ich konnte nicht aufhören, hinüber zum Kompost zu starren. Dann zog ich den Abzug durch. Ich hörte den ersten Schuss gar nicht, erst den zweiten, der mich wie ein Schlag erwischte. Alles um mich flackerte und summte. Meine Arme zitterten, ich gab Jonas die Waffe und lief zum Kompost. Es war wirklich nur ein dunkler Klumpen alter Erde, Äste, matschige Äpfel, gemähtes Gras.

»Vielleicht hast du ein paar Würmer zerfetzt«, sagte Jonas.

Er zielte in den Himmel. Ich rieb mir die Hände an der Hose ab.

»Geiles Gefühl, oder?«

Ich zuckte die Schultern. Mein Arm kribbelte und meine Schulter tat weh. Ich lehnte mich an den Schuppen, ging in die Hocke. Jonas feuerte die Waffe dreimal ab. Jedes Mal zuckte ich zusammen, sah drüben am Kompost die Erde aufspritzen, die Schüsse verhallten nur langsam hinter den Bäumen. Jonas zog das Magazin heraus, kniete sich vor mich und begann damit, die Waffe wieder in die Lappen zu wickeln.

»Du kannst sie dir holen. Jederzeit«, sagte er.

Wir gingen hinüber zum Gartenhaus, Jonas schloss auf, und wir holten uns aus dem kleinen Kellerfach zwei Flaschen Bier. Das Zeugs stand da sicher schon seit Jahren, wir wischten den Staub von den Flaschen und hebelten die Kronkorken mit Jonas' Feuerzeug auf. Dann hockten wir uns vor die Hütte, stießen an und tranken. Das Bier war süß und hatte nur noch wenig Kohlensäure, aber es schmeckte. Und irgendwie fühlte es sich jetzt gut an hier zu sitzen, mit der Makarow im Schuppen und dem alten Bier, Grillen zirpten, irgendwo schrie ein Vogel. Wir waren beide schon ziemlich angeduselt, als plötzlich Motorengeräusche zu hören waren. Wir duckten uns, obwohl wir vom Weg aus nicht gesehen werden konnten, und warteten. Jonas kicherte leise.

»Bestimmt die Bullen«, flüsterte Jonas. »Denken bestimmt, hier ist jemand erschossen worden.«

Ich sagte nichts, hielt meine Flasche krampfhaft umfasst und versuchte, die aufkommende Panik nicht zuzulassen. Wir hatten nur auf einen alten Komposthaufen geballert, einem scheiß Erdklumpen. Dafür wurde man nicht eingesperrt. Das Geräusch wurde schwächer, ich entspannte mich wieder und trank meine Flasche hektisch leer. Dann pinkelten wir nebeneinander in eines der Beete und machten uns auf den Rückweg zum Dahlenberger. Wir gingen nicht schnell. Als wir am Zaun ankamen, verließen gerade die letzten Knirpse das Bad, sie alberten herum, schubsten sich, noch berauscht von den Sprüngen, dem Wasser, ihren Bewegungen. Wir hörten Rainer Kisten aufeinander wuchten, Hackenbarth war mit dem Kescher am Beckenrand unterwegs. Eine Weile lehnten wir am Zaun, spürten der Hitze nach.

»Verschwinden wir«, sagte Jonas und stieß sich vom Zaun ab.

Kapitel 11

Am nächsten Morgen warteten wir nicht nur vergeblich auf Elli, auch Jonas kam nicht. Schließlich gingen wir zu dritt ins Dahlenberger, hingen eine Weile auf den Holzbänken herum und sahen immer wieder hinüber zum Eingang. Klara lag mit geschlossenen Augen auf der Bank, die Beine angewinkelt, Schweiß glitzerte auf ihrer Stirn. Hank saß vorgebeugt neben mir und starrte auf die Steinplatten. Ich rieb mir mit dem Handtuch den Schweiß von der Stirn und leckte mir über die Lippen.

»Gibt's diesen Typen eigentlich noch, der mit den krassen Sprüngen?« Hank richtete sich auf.

Ich zuckte die Schultern.

»Scheint jeder hier sein eigenes Ding zu machen.« Hank stand auf, warf sein Handtuch auf die Bank und schlenderte langsam hinüber ans Brett, wobei er immer wieder stehenblieb und in den Himmel sah.

»Hat sie das gemacht?« Klara hatte sich aufgerichtet, nestelte an ihrem Bikiniträger herum und sah auf meinen Arm.

Ich nickte.

Die Tätowierung war mittlerweile etwas ausgebleicht und würde, wenn ich die ersten Sprünge hinter mir hatte, kaum noch zu sehen sein. Ich sah an meinem Arm herunter, lehnte mich wieder nach vorn und überlegte, wie ich ohne Jonas die Sprünge angehen sollte. Vielleicht erst ein paar einfache Salti, mit Hank ein, zwei Backflips, um sich langsam heranzutasten.

Es war klar, dass ohne Jonas der Doppelte noch weniger möglich war, vielleicht in einem anderen Bad mit neuerem Brett, aber nicht im Dahlenberger, wo die ganze Vorrichtung seit Jahren nicht mehr erneuert worden war und für mehr als ein paar Kopfsprünge und Salti nicht taugte. Und ohne Jonas fehlte derjenige, der noch daran glaubte, der sich nicht damit abfinden wollte, dass es aussichtslos war. Ich stand auf und sah zu Hank hinüber, der auf einem der Startblöcke hockte und seine Füße im Wasser baumeln ließ. Vielleicht würde es mir leichter fallen, wenn einer nach dem anderen einfach verschwand. Zuerst Elli, dann Jonas und Hank und zuletzt Klara. Vielleicht zogen dann auch noch die Hackenbarths ab und überließen das Dahlenberger sich selbst. Ein paarmal würde ich mit Andys Schlüssel noch ins Bad gehen und durch das von einer Blätterschicht bedeckte Wasser schwimmen, irgendwann würde ich den Schlüssel in der Umkleide vergessen und zum letzten Mal das Tor hinter mir zuziehen.

Hank und ich sprangen ein paar Backflips, ohne uns dabei groß anzustrengen oder besonders auf die Technik zu achten. Trotzdem fühlte es sich gut an, einfach nur zu springen ohne irgendwelche Ideen und Bilder im Kopf, wie es aussehen müsste. Als wir uns nach dem dritten Sprung aus dem Becken zogen, kam uns Klara entgegen. Sie kniete sie zwischen uns, fast atemlos, als sei sie gerannt.

»Jonas hat gerade angerufen.« Ihr Mund verzog sich, es war kein Lächeln. »Ich glaube, er dreht durch.«

Wir fuhren den Dammweg hinauf, hinaus in die Felder. Klara saß hinten auf dem Sozius, ich hielt mich an Hanks Schulter fest und ließ mich ziehen. Die Hitze nahm allen Dingen die Farbe als habe man sie mit einem matten Lack besprüht. Wir sagten nichts und konzentrierten uns auf den Weg. Jonas war draußen am See. Wahrscheinlich hockte er am Wasser und würde irgendeinen Spruch machen. Aber als wir kurz darauf das Ufer erreichten, war er nicht da. Wir sahen uns um. Hank rieb sich den Nacken, Klara murmelte etwas. Auf der gegenüberliegenden Seite hockten zwei Angler, die wie ausgestopft wirkten. Dann sah ich ihn. Er kam zwischen den Birken hindurch, aus der Richtung, in der man irgendwann zur Autobahn kam. Er blieb stehen, lächelte und hob einen Arm. Für einen Moment war ich mir nicht sicher, ob der Typ wirklich Jonas war. Er hatte sich das Gesicht bemalt, dunkle Striche über den Wangen und unter den Augen und sich ein Band um den Kopf geschlungen, das ihm die Haare aus der Stirn hielt. Er sah aus wie der Darsteller irgendeines schnell abgedrehten B-Horror-Movie, der in einem Dschungel auf sich alleine gestellt ist und Urzeitmonster jagt.

»Ich hab ihn«, rief er.

Ich sah zu Hank, dann zu Klara. Hank marschierte auf Jonas zu, blieb vor ihm stehen.

»Was ist los mit dir?«

»Ich hab ihn. Den kleinen Spacko. Hinten in der Hütte. War nicht mal besonders schwer.«

Ich rieb mir den Schweiß aus dem Nacken und versuchte irgendein Zeichen in Jonas' Gesicht zu erkennen. Eines, das mir sagte: alles nur Spaß, alles nur ein Fake. Aber er stierte mich an, als wolle er mir ein Loch in die Stirn bohren.

»Ich will ihn sehen«, sagte ich.

Jonas ging voran. Wir folgten ihm, weg vom Wasser. Das Gras zwischen den Birken war giftgrün, Fetzen einer roten Plastikplane hingen wie Wegmarkierungen in den Ästen. Dann erreichten wir die Hütte. Sie war ziemlich gut erhalten, Fenster und die Tür waren mit Brettern verrammelt. Früher, als es die Kiesgrube noch gegeben hatte, lagerten hier Gerätschaften, die Arbeiter kamen hierher, um zusammen Pause zu machen oder sich bei einem Unwetter unterzustellen. Jonas lehnte sich neben der Tür an die Bretterwand und schlug mit der Faust ein paarmal dagegen.

»Da drin«, sagte er.

»Und wie hast du ihn hergekriegt?« Klara spähte durch einen Spalt.

»Damit.« Er hob sein Shirt, und aus seinem Hosenbund lugte der Griff der Makarow.

Ich glaubte Jonas kein Wort. Trotzdem sagte ich nichts. Wir waren jetzt wirklich in einem Film und in einem ziemlich schlechten noch dazu: FSK 16, nominiert fürs unrealistischste Drehbuch und die schlechtesten Filmsätze. Ich ging an der Hütte entlang, versuchte durch die schmalen Spalten ins Innere zu linsen, aber ich konnte nichts sehen. Langsam ging ich zu den anderen zurück und setzte mich zu ihnen.

»Und was willst du jetzt machen, mit Andy?«

Jonas zuckte die Schultern und zielte mit der Pistole zwischen den Birken hindurch Richtung See.

»Darf ich mal?«, fragte Hank.

»Vergiss es.«

Jonas hob die Waffe und drückte ab. Es gab ein hohles Klicken.

»Peng«, sagte er und lächelte.

Ich war vor einiger Zeit mit der Klasse im Naturkundemuseum gewesen, eine Ausstellung über Ozeanien. Da hatte es Zeichnungen von tätowierten Maori gegeben, an die ich mich jetzt wieder erinnerte. Jonas sah wie ein Maori aus. Ein Krieger, der sich in vielen Kämpfen ausgezeichnet hatte und dessen tätowiertes Gesicht die Geschichte seiner Siege erzählte. Jonas schob die Knarre zurück in den Hosenbund, stand auf und zog eine Flasche aus seiner Tasche. Er warf den Verschluss zur Seite und begann damit, den Inhalt an die Wände der Hütte zu spritzen.

»Was soll das werden?« Klara richtete sich auf.

»Wirst du gleich sehen.« Jonas ratschte ein Streichholz an, ließ die Flamme herunterbrennen.

Ich überlegte kurz, ihn umzuhauen oder Hank zu sagen, er sollte ihn umhauen. Aber es war nur ein Film, ein Spiel. Jonas tat als ob. Andy war nicht in der Hütte, er war nicht so blöd, sich von Jonas einsperren zu lassen und jetzt ohne einen Mucks im Halbdunkel zu hocken. Jonas zündete ein zweites Streichholz an, blies in die Flamme.

Aber vielleicht hatte er Andy geknebelt und betäubt. Vielleicht hatte er von seinem Vater Pillen mitgehen lassen und sie ihm in den Mund gestopft, und jetzt lag der Typ sabbernd und paralysiert auf dem Boden und kriegte keinen Ton mehr heraus. Jonas sah uns an. Er war ein Krieger. Mit einer beiläufigen Bewegung schnippte er das brennende Streichholz gegen die Wand. Ein mieses Ende für einen Film, in dem eigentlich die Guten gewinnen sollten.

Das Feuer breitete sich schnell aus. Klara schrie irgendetwas, Hank und ich glotzten nur. Dann begann ich, wie verrückt in meinen Taschen zu wühlen, zog Andys Schlüssel heraus und rannte auf die Hütte zu. Die Tür hatte eines dieser alten, rostigen Schlösser. Die Hitze kratzte mich, packte nach meinen Haaren, meinen Fingern. Ich hielt mir einen Arm vors Gesicht und versuchte irgendwie ans Schloss zu kommen. Die Hitze gab mir eine Ohrfeige. Ich zuckte zurück, dann ging ich noch einen Schritt näher. Ich konnte kaum noch atmen und sah nur noch verschwommen. Aber ich hatte es gleich geschafft, schob den Schlüssel schon ins Schloss, versuchte ihn zu drehen. Dann spürte ich plötzlich eine Hand an meinem Arm, ich konnte nicht weiter und wurde nach hinten gerissen.

»Bist du irre?« Jonas zog mich von der Brandstelle weg, unter die Birken. »Willst du draufgehen?«

Die Flammen rasten am Dachfirst entlang, fraßen sich krachend ins poröse Holz.

»Er ist nicht da drin!«, brüllte ich Jonas an. »Er ist nicht da drin!«

Keuchend standen wir nebeneinander. Die Wände barsten knackend und funkensprühend, das Dach sackte zusammen. Schwarzer Rauch quoll über unseren Köpfen in Richtung Autobahn. Ich geriet in Panik. Ich war kein Mörder, ich wollte nicht, dass es so endete, auf diese Art. Ich mochte mein Leben, auch wenn nicht alles perfekt war. Ich stolperte zwischen den Birken Richtung See, in meinem Rücken zischten die Flammen, ich taumelte ins Wasser und tauchte meine Arme hinein. Ungläubig starrte ich auf die glatte Wasserfläche. Jonas hatte es tatsächlich getan. Ich fühlte mich erschöpft, hockte mich hin und grub meine Hände in den sandigen Boden. Hank kam und setzte sich neben mich. Der Geruch verbrannten Gummis lag in der Luft, der Rauch zog jetzt über den See und zerfaserte. In der Ferne waren Sirenen zu hören.

»Wir müssen weg«, sagte Hank.

Klara und Jonas waren noch immer unter den Birken. Jonas hockte an einen dünnen Stamm gelehnt, die Beine an den Körper gezogen, sie saß neben ihm. Seine Bemalung zerfloss, seine Hände waren schwarz. Hank zog ihn auf die Beine. Wir standen nebeneinander und sahen noch einige Augenblicke zum Feuerhaufen, der einmal eine Hütte gewesen war. Die Sirenen kamen näher.

Los jetzt«, sagte Hank.

Im Schutz der Birken schoben wir unsere Räder in einem weiten Bogen auf die Straße zurück. Wir achteten darauf, dass uns keiner sah. Als wir die Straße erreicht hatten, blieb Jonas nochmal stehen. Der Rauch kräuselte sich nur noch schwach über den Bäumen, zwei Feuerwehrleute brachten eben die Pumpe im See zum Laufen, wir konnten leise ihre Stimmen hören. Auch die Angler waren herübergekommen, um sich den Brand näher anzusehen. Ein Polizist hatte sie abgefangen und sprach mit ihnen. Jonas spuckte aus. Wir gingen nebeneinander, sahen auf den dunklen Asphalt. Hank blieb plötzlich stehen.

»Ich hab jetzt Bock auf Fritten, ihr auch?«

Kapitel 12

Kurz nach Sonnenaufgang fuhr ich an den See. Ich war früh wach geworden, hatte mich angezogen und war los, als hätte ich die letzten Tage nichts anderes gemacht. Die Felder lagen blass im frühen Licht. Ich stellte mein Rad zwischen den Birken ab und schlich geduckt zu der Stelle, wo einmal die Hütte gestanden hatte. Es war nur noch ein schwarzer Haufen übrig, aus dem ein paar Bretter stakten, als hätte sie jemand nachträglich hineingesteckt, wie die Waffel in einem Eis. Die Luft roch noch immer nach verbranntem Holz, das Gras war versengt. Ein Absperrband hing schlaff zwischen den Bäumen. Ich schlich um den Aschehaufen herum, suchte den Boden nach Spuren ab, schließlich gab ich es auf und hockte mich ans Ufer. Dort saß ich eine Weile ohne zu wissen, was genau ich hier eigentlich wollte. Ich warf Kiesel ins Wasser, lauschte dem Geschnatter der Enten auf der anderen Seeseite. Die Sonne stand hinter den Birken und warf lange Schatten, und allmählich begann ich zu begreifen, dass ich aus keinem bestimmten Grund hier war, dass ich weder nach Andy suchte noch eine zweite Hütte abfackeln wollte. Ich war hier, weil ich es tun konnte. Früh aufstehen, mein Zimmer verlassen und irgendwohin fahren, tagelang, wochenlang. Ich konnte es tun. Ich konnte eine Bombe nach der anderen ins Dahlenberger setzen, bis das verdammte Becken leer war. Ich konnte Jonas küssen, Hank verprügeln, Klara austricksen. Ich konnte Mutter anpöbeln, Joachim belügen und Oma beklauen. Ich konnte in der alten Bürstenfabrik leben, ich konnte auf der Autobahn Vierzigtonnern ausweichen, konnte Bademeister werden und trotzdem alle Kinder ertränken. Und ich konnte stundenlang am See sitzen und Kiesel ins Wasser werfen, konnte grundlos stundenlang herumsitzen und Sand zwischen den Fingern verreiben. Und trotzdem merkte ich, dass etwas nicht stimmte. Etwas war in Schräglage, das Wasser lief heraus, ohne dass ich etwas dagegen tun konnte. Ich strampelte gegen den Sog, aber es war aussichtslos, egal, wie sehr ich mich anstrengte. Ich erinnerte mich wieder an die Fotos im Gemeindehaus, die die Entstehungsgeschichte des Dahlenberger dokumentierten: Das Bad war damals nichts weiter als eine versiffte Ruine, im Becken stand eine trübe Brühe, die Anstiegsleitern waren aus den Verankerungen gerissen, im Duschbecken platzten die Fliesen ab. Hackenbarth fegte mit einem Besen den Schnee von den Bänken. Die Königin stand vor den Umkleiden und deutete auf einen Riss, der durch die gesamte Fassade lief. Rainer lehnte am Geräteschuppen, dessen Dach undicht war. Plötzlich schienen es Bilder eines langsamen Verfalls zu sein und nicht die eines Neubeginns. Mir wurde klar, dass das Dahlenberger längst auf der Abschussliste stand. Wenn wir Glück hatten, würde es noch ein, vielleicht zwei Sommer lang öffnen.

Vielleicht werden wir dann gar nicht merken, wie die Hackenbarths das Inventar nach und nach in einen Kleintransporter laden, wie einige Interessenten vorfahren, um sich Bänke, Spinde und Geräte anzuschauen. Dann ist der erste Ferientag, und wir fahren gut gelaunt den Mühlenweg herunter, befreit, lachend, übermütig. Der Parkplatz ist leer, aber das ist nicht ungewöhnlich um diese Zeit. Wir lehnen uns an die Mauer des Geräteschuppens, wir schauen durchs Drehkreuz, gehen am Zaun entlang. Auf den Wiesen liegt noch das alte Laub, die Läden des Kiosks sind heruntergeklappt. Vielleicht kommt einer der Weißen auf seinem Trekkingrad vorbei. Er trägt einen Cowboyhut aus hellem Stoff, er hebt ihn etwas an und lächelt. Seid spät dran, sagt er. Wir sehen, dass er unter dem Hut keine Haare mehr hat, er spricht weiter: Die Dinge ändern sich. Aber Kopf hoch, Freunde, für jeden gibt es irgendwo ein Plätzchen. Er tippt sich an die Krempe seines Huts und fährt davon, gemächlich und gleichmäßig die Pedale tretend …

Ich stand auf, warf eine letzte Handvoll Kiesel in den See und machte mich auf den Rückweg. Als ich am Sportplatz vorbeikam, erkannte ich Hank. Ich sah zuerst nur die Hercules, die am Zaun lehnte und nicht abgeschlossen war. Dann sah ich ihn. Er lag im Mittelkreis, Arme und Beine von sich gestreckt wie einer, den man kürzlich erstochen hatte. Die Hosen hatte er sich über die Oberschenkel geschoben, das Shirt ausgezogen. Ich stieg vom Rad und beobachtete ihn eine Weile. Er lag einfach nur da, hatte die Augen geschlossen und saugte das Licht auf wie ein Schwamm. Der Rasen war ausgetrocknet und fleckig, der Boden hart.

»Was machst du hier?«, fragte ich.

»Nichts.« Er versuchte zu lächeln.

Ich sah über den Platz zu den Toren, die wie ausgebleichte Knochen schimmerten.

»Willst du was?« Hank hielt mir eine Dose Bier hin.

Es war bestimmt schon schal, trotzdem griff ich danach und nahm einen Schluck, kriegte die Brühe kaum runter. Hank grinste. Er trank auch, drehte den Kopf zur Seite und spuckte den Schluck wieder aus.

»Ich hab mir versucht vorzustellen, wie Schnee schmeckt.« Hank streckte sich wieder auf dem Rasen aus. »Wie sich das anfühlt, wenn die dicken Flocken in deinen Mund reinfliegen. Kann mich nicht mehr dran erinnern.«

»Ich auch nicht.«

Ich legte mich neben ihm, verschränkte die Arme hinterm Kopf und starrte wie er in den Himmel.

»Und dann kommt immer mehr und deckt dich zu wie eine Decke«, sagte Hank. »Es fühlt sich gar nicht kalt an, du merkst gar nichts.«

»Was meinst du?«

»Es fühlt sich an, als würde dich jemand anhauchen.«

Ich nahm noch einen Schluck Bier, verschluckte mich und spuckte die Brühe in den Rasen.

»Als würde dich jemand auf den Rücken küssen«, sagte Hank.

Eine Weile rührten wir uns nicht. Das vertrocknete Gras kitzelte im Nacken und an den Oberschenkeln, ich spürte, wie mir der Schweiß über die Schläfen hinter die Ohren rann. Der Geruch des Rasens erinnerte mich an die Spiele und Trainingseinheiten. Bis vor einem Jahr hatte ich in Borndorf im Verein gespielt, aber obwohl ich gern kickte, war ich nur mit ziemlichem Widerwillen hingegangen. Der Trainer mochte mich nicht besonders und ich ihn nicht. Er hielt mich für einen Schwächling, maulte dauernd, warum meine Schüsse solche Gurken seien, warum ich keinen richtigen Bums drauf hätte. Jedes Mal, wenn ich nach dem Training über den Parkplatz gegangen war und schon da den Muskelkater spürte, stach ich in Gedanken alle vier Reifen seines Golf GTI platt und schob zur Krönung noch meine zusammengeknüllten Stutzen tief ins Auspuffrohr.

Wir träumten mit offenen Augen. Die Wolken öffneten sich und aus dem diffusen Weiß über uns schwebten die ersten Flocken auf uns herunter, trafen auf unsere Bäuche und Brustkörbe und schmolzen sofort. Wir lagen ganz ruhig da und ließen es langsam geschehen. Der Schneefall wurde dichter, eine erste feine Schicht bedeckte den Rasen und unsere Körper, zuerst auf den Haaren und den Wimpern. Wir blinzelten nicht, lagen nur da und warteten darauf, vollständig vom Schnee bedeckt zu sein.

Und dann war alles wieder wie immer: Jonas, Hank und ich kletterten aufs Brett, begannen zu federn und hoben ab, schleuderten durch die Luft und setzten alles daran, dem Wasser größtmöglichen Widerstand zu bieten. Klara lag auf der Holzbank und sonnte sich, zwischendurch sprang sie einen eleganten Köpfer von einem der Blöcke und kraulte bis zur Nichtschwimmerleine. Wir lagen auf unseren Handtüchern unter der Platane und dösten. Wir holten uns bei Rainer Fritten, wir beobachteten Hackenbarth und warteten auf jemanden, der die Autorität der Königin herausforderte, um dann von ihr mit knappen Worten rund gemacht zu werden. Aber wir bekamen die Sprünge nicht mehr richtig vom Brett, selbst einfache Backflips und Schrauben fühlten sich schon beim Absprung falsch an, steif, als hätten wir plötzlich das Laufen verlernt und bewegten uns wieder auf Knien. Wir machten längere Pausen zwischen den Einheiten, am Nachmittag sprangen wir gar nicht mehr. Wir spielten Karten, lagen eine Zeitlang schweigend auf den Handtüchern und starrten hinauf ins Laub der Platane. Von Elli gab es keine Neuigkeiten, und keiner von uns erwähnte sie, um die Sache nicht noch schlimmer zu machen.

Auf dem Nachhauseweg entdeckte ich am Ende des Mühlenwegs eine Gestalt in dunklen Badehosen und bremste scharf. Sie verschwand gerade in einer Nebenstraße. Ich sah mich um, kein Mensch sonst zu sehen, stieg wieder auf und bog auch ab. Ich fuhr langsam, merkte, wie sich mein Herzschlag beschleunigte. Die Gestalt schlenderte auf der anderen Straßenseite, kam gerade aus dem Schatten einer Mauer. Er war es nicht, die Bewegungen waren zu grob, zu gewöhnlich. Ich spuckte einen Flatschen auf den Asphalt und drehte um, radelte nach Hause. Mutter saß auf der Terrasse und stocherte in der Salatschüssel herum. Ich setzte mich zu ihr an den Tisch, pickte mir eine kleine Tomate heraus und saugte sie aus.

»Ich werd's mir anschauen«, sagte ich ohne sie anzusehen.

Ich hatte nicht lange darüber nachgedacht, sagte es einfach so, ich konnte es.

»Freut mich. Das freut mich wirklich.« Sie zog mich zu sich, nahm mich in den Arm. Sie roch nach Sonnencreme und Schweiß, ihre Haut war warm.

»Hast du schon gepackt?«

Ich schüttelte den Kopf, griff nach einer weiteren Tomate und lutschte das Öl von der Haut.

»Soll ich Joachim Bescheid sagen?«

»Ich mach das schon.«

Sie strich mir über die Wange, ich zog unwillkürlich meinen Kopf zurück. Für Augenblicke sah sie mich fast erschrocken an, dann senkte sie den Blick, müde, erleichtert.

»Freut mich für dich«, sagte sie leise und griff nach ihrem Weinglas.

Eine Weile lag ich regungslos auf meinem Bett, starrte an die Decke, hörte die Vögel im Garten, das dumpfe Summen der Insekten. Vielleicht gab es auch schon mit sechzehn den Punkt, an dem klar war, dass ich es verkackt hatte. Ich wusste das natürlich nicht, aber in ein paar Jahren würde sich zeigen, dass dieser eine Moment, das belanglose Herumstehen auf der Terrasse, die müde Sommerfreude von Mutter, dass dieser eine Moment alle weiteren Momente, alle weiteren Worte und Bewegungen bestimmen würde.

Ich hatte bereits geschlafen, als Klara anrief. Das Handy musste schon eine halbe Ewigkeit vibrieren, ehe ich wach wurde und nach dem Ding griff.

»Was ist?« Ich verstand sie kaum, so leise sprach sie.

Ich müsse kommen, sofort. Nicht ins Dahlenberger, sondern zu ihr. Hinten rum, in den Keller. Die letzte Tür, wo Licht sei, da hin.

»Was ist denn los?« Ich richtete mich halb auf und versuchte, einen Blick auf die Digitaluhr zu werfen.

Sie wolle mit mir reden. Sie habe mir etwas zu sagen. Ich schluckte. Sie hörte sich heiser an, als habe sie zu lange mit Chlorwasser gegurgelt. Sie schwieg, ich konnte sie atmen hören.

»Kannst du es mir nicht sofort sagen?«

Nein, könne sie nicht.

»Okay«, sagte ich und stand auf. »Bis gleich.«

Es war halb eins. Während ich mich anzog, fragte ich mich, ob auch Klara dabei war, durchzudrehen, so wie wir irgendwie alle langsam den Verstand verloren, jeder auf seine Weise. Ich fuhr nicht schnell, genoss die kühle Nachtluft. Klara lebte mit ihren Eltern am Rand von Dahlenberg. Das Haus war groß, die Etage unterm Dach unbewohnt, seit vor zwei Jahren die Großmutter gestorben war. Neben dem Haus gab es eine Scheune, wo früher die landwirtschaftlichen Geräte gestanden hatten, die jetzt ebenfalls leer war und in der wir uns immer dann trafen, wenn es etwas zu feiern gab. Der Hof war nur noch eine Kulisse, die Hundehütte ein Fake. Es gab weder Hühner noch Schweine, nur einen alten, jämmerlich schreienden Kater. Ich lehnte mein Rad an die Scheunenwand und ging ums Haus, wie Klara gesagt hatte. Die Kellertüre stand offen, am Ende des Gangs schimmerte Licht. Ich blieb stehen, lauschte in die Dunkelheit. In den Abwasserrohren sprudelte es, sonst war die Nacht still. Ich stieg die Stufen hinunter, ging durch den Gang bis vor die Tür, die einen Spalt offenstand. Wieder blieb ich stehen, horchte.

»Klara?«

»Komm rein.«

Ich schob die Tür auf. Obwohl ich nicht das erste Mal hier war, konnte ich mich an diesen Raum nicht erinnern. Die Wände waren mit weißen vollgekritzelten Bettlaken verhangen, eine Stehlampe funzelte in einer Ecke, auf dem Boden lagen zwei Matratzen, auf einem Plastiktisch standen Teller und Gläser, eine Flasche Tequila. Klara war nackt. Sie stand in der Mitte des Raums, ein Bein leicht eingenickt, und sah mich an. Ihren Blick kannte ich, aber ihr Gesicht war anders, schmaler, erwachsener. Sie gab sich keine Mühe, irgendetwas vor mir zu verheimlichen. Ich spürte eine leichte Panik aufsteigen und überlegte abzuhauen. Klara sagte nichts, lächelte nicht. Ich rührte mich nicht von der Stelle, spürte ein unheimliches Kribbeln im Bauch.

»Willst du Tequila?« Sie sah mich weiter ungerührt an.

Ich nickte und schloss die Tür. Klara schenkte Tequila in zwei Becher. Sie griff nach meiner Hand, leckte über die empfindliche Stelle zwischen Zeigefinger und Daumen und streute Salz darauf. Auf einem kleinen Teller lagen Zitronenschnitze. Wir sahen uns an, jetzt lächelte Klara das erste Mal, und auch ich lächelte, einigermaßen erleichtert, dass ein bisschen die Klara zum Vorschein kam, die ich sonst aus dem Dahlenberger kannte. Wir leckten das Salz, tranken und bissen in die Zitrone. Klara seufzte erleichtert. Wir ließen sofort eine zweite Runde folgen, Klara taumelte zu eine der Matratzen und ließ sich fallen.

»Was ist denn jetzt?«, fragte ich.

Ich spürte schon den Tequila, mir wurde warm und Klara mit jeder Sekunde schöner.

»Ich will, dass wir es jetzt machen«, sagte sie, ohne eine Spur von Ironie.

Sie lag rücklings auf der Matratze, strich sich beiläufig über den Bauch und starrte an die Decke.

»Okay«, brachte ich hervor, blieb aber am Tisch stehen und suchte etwas, an dem ich mich festhalten konnte.

»Hast du Schiss?« Sie hob den Kopf.

Ich zuckte die Schultern, ging jetzt zu ihr und kniete mich neben die Matratze. Sie begann mir die Shorts herunterzuziehen, ich half ihr.

»Im Dahlenberger hab ich schon oft dran gedacht«, sagte Klara und streichelte mich. »Ist ja auch nichts dabei, sind ja nur Gedanken.«

Wir rutschten auf die Matratze, Klara fingerte an mir herum und ich an ihr. Es hatte nicht viel mit Vertrautheit oder Liebe zu tun, es war eher ein Spiel, in dem der andere der Gegenstand war, an dem wir herumprobierten und zusahen, was unsere Bewegungen für Reaktionen auslösten. Ihre Schamhaare waren weicher als meine. Während Klara mir das Kondom überzog, fummelte ich mir eins von ihren Haaren von der Zunge, dann küsste sie mich wieder, auf den Hals, in den Nacken, sie sog meine Haut ein, lutschte daran und ließ sie wieder herausflutschen. Zwischendurch frage mich Klara, ob es mir gefiele, und ich nickte. Sie rutschte auf mir hin und her, immer wieder glitt ich heraus. Sie ging dann auf die Knie, blickte zwischen ihre Beine, machte weiter. Ich war nicht sonderlich entspannt, zog die Arschbacken zusammen und hatte plötzlich den Horror, mein Schwanz könne abbrechen. Klara schien nicht genau zu wissen, wie sie sich auf mich setzen sollte, schließlich drehten wir uns, und ich lag auf ihr. Ich zitterte, sie half mir, ich atmete in die Matratze und hörte sie hektisch atmen. Danach fühlte ich mich eigenartig benommen. Klara hockte vor mir und machte einen Knoten ins Kondom. Die Luft war muffig, vom Tequila war mir flau.

»Hast du's dir so vorgestellt?«, fragte sie.

»Denke schon, ja.«

Wie jeder Junge hatte auch ich Pornobilder im Kopf: rasierte Muschis und Riesenschwänze, laut schreiende Mädchen mit gemachten Titten und Sperma im Gesicht. Aber die Wirklichkeit war anders, die Wirklichkeit spielte sich in einem Keller auf einer Matratze ab, auf dem Tisch stand eine angebrochene Flasche Tequila, dazu hastig geschnittene Zitronenschnitze, mein Schwanz glänzte käsig, und Klara rieb sich mit einem Taschentuch zwischen den Beinen herum. Wir schämten uns nicht, waren aber ungeschickt. Ich holte den Teller mit den Zitronenschnitzen, und wir sogen sie genüsslich aus. Klara spuckte einen Kern auf die Matratze, Zitronensaft lief ihr übers Kinn.

»Wenn Elli auch hier wäre, für wen hättest du dich dann entschieden?«

Ich begriff nicht, was die Frage sollte, riss mit den Zähnen das Fruchtfleisch aus den Schnitzen.

»Blöde Frage, ich weiß.« Sie lächelte. »Elli hat schon einen anderen. Bei dem ist sie jetzt, einer von ihrer Schule. Ich glaube, er ist da sogar Lehrer. Voll Klischee, oder? Mit dem ist sie abgehauen.«

Ich warf den Zitronenschnitz Richtung Tisch, starrte Klara an. »Woher weißt du das?«

»Von ihr. Wir schreiben uns.«

»Hast du's den Bullen gesagt?«

»Sicher nicht.«

»Und ihren Eltern?«

»Warum denn?«

»Die machen sich Sorgen. Die denken, Elli liegt irgendwo im Wald.«

»Sicher denken sie das nicht.«

»Scheiße.« Ich setzte mich auf, griff nach meinem Shirt und zog es mir über. Eigentlich erzählte mir Klara nichts Neues, sie bestätigte lediglich das, was ich schon in Borndorf gesehen hatte. Trotzdem war ich verwirrt, nicht allein wegen Elli, sondern weil ich hier in Klaras Keller hockte, Zitronenschnitze aussaugte und kurz zuvor unter ihr auf der Matratze gelegen hatte, und es kam mir jetzt schon so vor, als sei es gar nicht passiert.

»Alles okay?«

Klara versuchte, auf die Beine zu kommen, krabbelte dann aber auf allen Vieren zum Matratzenende und fingerte nach ihrem Shirt. Sie hatte mir den Rücken zugewandt, und kurz dachte ich daran, zu ihr zu krabbeln, sie umzureißen und mich auf sie zu legen. Aber ich blieb sitzen und sah hinüber zur Tischlampe. Klara rutschte zu mir und nahm mich in den Arm. Es war unsere erste Umarmung. Ich war verwirrt, aber auch erleichtert. Elli ging es gut, ich hatte mit Klara geschlafen und mich nicht allzu blöd dabei angestellt. Vielleicht war es gerade das, was unsere Freundschaft ausmachte: Wir halfen uns gegenseitig in Dingen, von denen wir glaubten, sie alleine nicht hinzukriegen. Wir machten für den anderen Räuberleiter, teilten Fritten, erfanden Lügen.

Wir zogen uns gegenseitig hoch und gingen in den Hof. Die Luft war mild, voller frischer Gerüche. Wir hockten uns vor die Scheune, sie hatte Zigaretten dabei. Ich fragte nicht, seit wann sie rauchte, beobachtete, wie sie die Kippe anzündete und den Rauch tief einsog, ohne dabei zu husten. Nach den ersten Zügen gab sie mir die Zigarette, ich paffte zweimal. Es wurde langsam hell. Klara fröstelte, ich legte einen Arm um sie. Als ich später aufstand und zu meinem Rad ging, stellte sie sich mir in den Weg und fuhr mir durchs Haar.

»Danke«, sagte sie.

»Für was?«

»Einfach so.« Sie lächelte. »Einfach nur so.«

Dann ging sie hinein und ließ mich stehen. Ich hörte die ersten Vögel, und über den Dächern klarte der Himmel auf.

Ich schob den Schlüssel ins Schloss und drehte ihn mit einem Ruck herum. Das Tor sprang einen Spalt auf, ich lehnte mich mit der Schulter dagegen und drückte es soweit auf, dass ich durchpasste. Instinktiv wandte ich mich dem Kassenhäuschen zu, hielt kurz inne und lächelte die schwarze Scheibe an. Dann ging ich an den Umkleiden entlang zum Kiosk, wo ich neben den aufgestapelten Stühlen stehenblieb und zum Becken sah. Ich kam mir vor wie in einem Park mit künstlichen Wasserläufen, zurechtgestutzten Hecken und einer ausgeklügelten Lichtinstallation, die alles in ein trübes Blau taucht, so dass man das Gefühl hatte, eigentlich unter Wasser zu sein.

Langsam ging ich ans Becken. Das Wasser lag glatt und ruhig da, Hackenbarths Liege am anderen Ende war verlassen, das Brett unberührt. Ich machte alles wie immer: warf mein Handtuch auf die Bank, tauchte einen Fuß ins Wasser und ging den Sprung in Gedanken durch.

Ich sprang einen halben Meter hoch, dann fast einen ganzen, hielt mich mit angespannten Muskeln in der Luft. Ich kam zu weit vorn auf, wurde hochgeschleudert und merkte, wie ich nach vorn kippte. Ich würde mit dem Rücken auf die Kante des Bretts krachen, dann ins Wasser rutschten und schon da den stechenden Schmerz im Nacken fühlen, ein kurzer, glühend heißer Schock, auf den die Entspannung folgte, aufsteigende Blasen, ein taubes Kribbeln in den Beinen. Ich klatschte seitlich des Bretts ins Wasser. Ich schloss die Augen, hörte nur dieses eine Geräusch, als zünde jemand irgendwo weit unter mir eine Bombe. Tropfend hockte ich auf der Bank, das Handtuch über der Schulter. Ich fror etwas, zwang mich, nicht mit den Zähnen zu klappern. Es konnte immer danebengehen, das war das Risiko, dass wir mit jedem Sprung eingingen. Schon ab drei Metern tat es höllisch weh, wenn man die Orientierung verlor und falsch eintauchte, und es gab da diese Gerüchte, dass es Leuten, die vom Zehner die Kontrolle verloren hatten, den Bauch aufgerissen hatte, wie in einem Splatterfilm.

Ich warf das Handtuch zur Seite und stieg erneut aufs Brett. Ich wollte gerade nach vorn gehen, als ich auf der anderen Seite des Beckens einen Schatten sah. Zuerst dachte ich, ich hätte nur einmal zu viel geblinzelt, aber dann bewegte sich etwas von der Dusche weg, entlang der Beete. Ich umfasste das Geländer mit beiden Händen und starrte hinüber. Der Schatten verharrte. Meine Knie begannen zu zittern, ich spürte, wie mir das Wasser von den

Haaren auf die Schultern tropfte, den Rücken und den Bauch hinunterlief und im Bund der Shorts verschwand. Ich wollte etwas rufen, aber bekam die Zähne nicht auseinander. Ich bildete mir ein, schwarze Shorts und ein schwarzes Handtuch mit einem Slayer-Schriftzug zu sehen.

»Scheiße«, murmelte ich und fuhr mir übers Gesicht.

Der Schatten bewegte sich nicht mehr. Ich wartete noch einige Weile, aber es geschah nichts. Ich kletterte langsam die Leiter hinunter, griff nach meinem Handtuch und klimperte mit dem Schlüssel. So ging ich langsam zum Kassenhäuschen zurück, klimperte, sah immer wieder hinter mich. Auch als ich auf dem Rad saß und den Mühlenweg hinunterfuhr, ließ ich den Schlüssel klappern, wagte aber nicht, mich noch einmal umzusehen.

Kapitel 13

Mein Unterarm klebte an der Lehne. Ich hob ihn an, ein dünner Schweißfilm blieb zurück. Die Ampel schaltete endlich auf grün, Mutter gab Gas und der Fahrtwind machte die Hitze wieder erträglicher. Wir waren auf dem Weg zu Oma nach Eschbach. Ich lehnte mich zurück, ließ den Wind direkt in mein Gesicht blasen. Es war kaum auszuhalten in der Karre. Mutter hatte so getan, als verbrenne sie sich die Hände am Lenkrad, und ich hatte vorgeschlagen, sie solle sich halt die Backofenhandschuhe anziehen. Sie hatte gelächelt und war losgefahren.

Das Heim lag am Rand von Eschbach. Vom Parkplatz aus konnte ich hinüber zum Eschbacher Bad blicken. Ich konnte das Becken nicht sehen, sondern nur die Hecke, die die Liegewiesen umgab, aber ich konnte es hören: das helle Gejohle, das Platschen und Klatschen.

Im Gemeinschaftsraum lungerten ein paar der Alten in ihren Rollstühlen. Man hatte Ventilatoren aufgestellt, trotzdem war die Luft stickig, die Hitze lag wie eine Heizdecke über allem. Es roch nach verkochtem Gemüse und Pudding. Wir fuhren mit dem Aufzug in den zweiten Stock, die Tür zu Omas Appartement war nur angelehnt. Sie saß in ihrem Sessel im Halbdunkel und sah sich eine Gerichtsshow an. Sie begrüßte uns hastig, schimpfte dann wieder auf die blonde Zicke, die ihren arglosen Mann hintergangen hatte. Während sich Mutter zu Oma aufs Sofa setzte und mitschaute, ging ich in die Küche, sah im Brotkasten nach, was Oma wieder erbeutet hatte und zog mir einen Kaugummi aus der Packung. Dann trank ich ein kaltes Glas Multivitaminsaft und sah aus dem Fenster. Ich konnte jetzt auch das Becken sehen. Das Eschbacher wurde von einer unterirdischen Quelle gespeist, das Wasser war bleifarben und arschkalt. Ich war vor einigen Jahren schon einmal da gewesen, hatte es aber nie lange im Wasser ausgehalten. Zähneklappernd und mit tauben Beinen war ich schon nach ein paar Minuten wieder auf die Liegewiese gewankt.

Ich hörte den Fernseher, und ich hörte Oma fluchen. Sie sah mich einige Augenblicke wie einen Dieb an, dann grinste sie und hielt mir eine Packung Gummibärchen hin. Ich schüttelte den Kopf und warf mich aufs Sofa. Sie hatte die Rollläden heruntergelassen, so dass der Raum im feuchtwarmen Halbdunkel lag. Mutter holte aus der Cafeteria drei Stück Apfelkuchen, der nach künstlichen Aromen schmeckte, trotzdem pries Oma ihn als den letzten selbstgemachten Kuchen im ganzen verdammten Eschbach. Danach spielten wir Scrabble. Oma weigerte sich hartnäckig, anständige Worte zu legen.

»Jetzt spiel doch mal ernsthaft«, sagte Mutter.

»Tu ich doch, tu ich doch.« Oma schüttelte den Kopf und legte Drecksau.

Ich begann zu lachen und strich Oma über den Rücken. Mutter lehnte sich zurück und verschränkte die Arme vor der Brust. Sie wirkte für einen Moment wirklich beleidigt. Wir spielten zu Ende, Oma gewann, Mutter hatte den Spaß verloren. Als wir gingen, saß Oma schon wieder vorm Fernseher und kommentierte eine Zoosendung. Ich drückte ihr einen Kuss auf die faltige Wange, sie roch nach Penatencreme und alten Klamotten. Wir fuhren dann zu einem Italiener am Stadtrand von Borndorf, Mutter hatte einfach Lust dazu, ich durfte bestellen, was ich wollte. Wir saßen auf der Terrasse, Mutter trank einen Chianti. Sie sagte, ich könne ruhig ein Bier trinken, aber ich bestellte dann doch nur ein Spezi.

»Oma wird immer seltsamer«, sagte sie.

»Ich finde sie witzig.«

»Ich weiß nicht, was daran witzig sein soll, wenn jemand vergisst, wie der Enkel heißt.«

»Ich werd's überleben.«

»Du schon. Und sie?« Mutter nippte an ihrem Wein.

Unsere Pizzen kamen. Schweigend begannen wir zu essen.

»Manchmal tut sie mir leid. Dann denke ich, dass es vielleicht besser wäre, sie würde auch sterben.«

Ich säbelte so an meiner Pizza herum, dass sie fast vom Teller rutschte. Ich wusste nicht, ob Oma lieber tot wäre. Sie kam mir jetzt jedenfalls nicht besonders unglücklich vor, nur war sie eben anders geworden. Vielleicht kapierte Mutter nicht, dass Oma nach Opas Tod nicht in Trauer und Selbstmitleid versank, sondern ihre Diebestouren in Borndorf startete und ein klein wenig kriminell wurde. Vielleicht hatte sie ihr Leben lang davon geträumt. Nicht davon, ein richtiger Gangster zu werden, sondern ab und zu mal ein kleines Ding zu drehen, was ein bisschen Kitzel und Spannung in den Alltag brachte. Sonst hatte sie ja nicht viel zu tun außer den Haushalt, etwas Wäsche, einkaufen, Fernsehen, Rummikub am Abend, Graubrot mit Leberwurst auf geblümten Tellern.

»Vielleicht mag sie es auch. Endlich kann sie machen was sie will.«

Mutter sah mich an und spießte eine Artischocke auf. »Ich hab mir Freitag freigenommen. Dann bringe ich dich zum Bahnhof.«

»Ich kann mit dem Bus fahren.«

»Ich will dich aber fahren. Und davor frühstücken wir zusammen.«

Der Wein rötete Mutter die Wangen, aber sie wurde nicht albern. Sie sagte, dass ich mich verändert habe, dass ich ein ganz anderes Gesicht bekommen habe, so einen neuen Blick. Ich zuckte die Schultern. Ich dachte an Elli und Klara. Ich dachte an Jonas und Hank. Eigentlich könnte alles wie immer sein. Das Dahlenberger öffnete pünktlich, wir kamen zu unseren Sprüngen, hingen herum. Das Borndorfer Stadtfest ließ uns kurzzeitig durchdrehen, ein hühnerbrüstiger Junge in schwarzen Shorts machte uns den Platz streitig. Die Hitze umgab Dahlenberg wie ein Kleidungsstück. Wir atmeten und schwitzten Dreck aus. Es war nur ein Sommer, der vorbeigehen würde.

Ich kaute lange und ausgiebig, bekam den Pizzamatsch aber nicht herunter, spülte mit Spezi nach, verschluckte mich und hustete Tränen. Mutter wusste einen Scheiß von dem, was wir durchmachten. Das beruhigende an der Welt der Erwachsenen war: Sie besaß Strukturen, es gab Handlungsanweisungen, Broschüren, Handbücher. Wir aber blätterten durch die Ordner und mühten uns ab, es zu kapieren, aber kapierten es einfach nicht. Wir wollten eigentlich keinen Ärger machen. Aber dann war dieses irrsinnige Leuchten, dieses ständige Ziehen und Pochen überall im Körper. Ich dachte an Klaras stieren Blick, an Hanks Geschichte. Ich dachte an Lisas Knarre.

»Bin gleich wieder da.«

Ich hastete an den Tischen vorbei auf der Parkplatz, hatte noch immer Tränen in den Augen. Eine Gruppe Rennradfahrer surrte vorüber, auf der angrenzenden Wiese balgten sich zwei Hunde. Ich spuckte aus, mein Schädel vibrierte. Drecksau hatte Oma gelegt. Arsch und Schwengel. Ich kicherte hysterisch, ging ein Stück in die Wiese hinein. Das Gras war erst vor kurzem gemäht worden, die Stoppeln knackten unter meinen Schritten. Ich lief bis in die Mitte des Feldes, dort blieb ich stehen und sah in den Himmel. Und als sich alles um mich herum zu drehen begann, schloss ich die Augen und begann zu lachen.

Kapitel 14

Ich zog mich aus dem Becken und ging hinüber zu Klara, die auf der Holzbank lag und döste. Nach dem Besuch bei Oma tat es gut, ein paar Bomben zu springen, obwohl mir die Pizza noch ziemlich schwer im Magen lag. Ich beugte mich über Klara und ließ ein paar Tropfen auf ihren Rücken fallen. Sie schreckte hoch, blinzelte mich an und wollte etwas sagen, öffnete aber nur den Mund wie ein Fisch.

»Komm mal kurz mit«, sagte ich.

Sie beschattete ihr Gesicht. »Was ist?«

»Es dauert nicht lang.«

Ich ging los, Richtung Dusche.

»Was ist denn los?« Sie folgte mir.

Ich machte nur eine Bewegung mit dem Kopf, ging durchs Duschbecken auf den Kiosk zu. Ich wand mich an den Stühlen und der Schlange wartender Knirpse vorbei, warf einen Blick hinüber zu Rainer, der grinsend eine Schale Fritten aus seiner Bude herausreichte, und ging weiter zu den Umkleidekabinen. Hier war es immer ein paar Grad kälter, es roch nach Duschgel, nach Pisse und Deoroller. Ich ging an den Spinden lang, ließ eine der Türen zukrachen und drehte mich erst um, als ich das Ende des Gangs erreicht hatte. Klara blieb stehen und stemmte beide Arme in die Seiten. Im Halbschatten sah sie umwerfend aus. Ihr Körper flimmerte noch von der Hitze, und ich konnte kaum glauben, dass wir es wirklich getan hatten.

»Was ist?«

»Wegen neulich«, sagte ich und verstummte wieder.

Ich zog eine der Türen auf, hockte mich auf die Bank und starrte die Wand an, die mit dummen Sprüchen vollgekritzelt war. Klara lehnte sich an den Türrahmen. »Und?«

»Ich werde weggehen«, sagte ich, wobei ich sie nicht ansah, sondern mich weiter auf die Schmierereien konzentrierte. »Nach dem Sommer.«

»Wohin?«

»Auf ein Internat.«

Ich hörte, wie Klara laut ein- und ausatmete, als sei sie gerade aus dem Wasser aufgetaucht. Dann setzte sie sich neben mich. Unsere Körper waren noch voller Wärme und wurden voneinander angezogen wie zwei Magneten.

»Eigentlich könnten wir uns das gar nicht leisten«, sagte ich, und es kam mir so vor, als lese ich Text aus einem Buch vor. »Aber die geben mir ein Stipendium, also dass wir nichts zahlen müssen. Weil ich aus einem Kaff wie Dahlenberg komme, weil meine Mutter Erzieherin ist und ich anscheinend eine ganze Menge im Schädel hab.«

Ich hob den Blick und lächelte, und zu meiner Erleichterung lächelte Klara auch. Sie sagte nichts, aber das war auch nicht nötig, denn es reichte, dass sie einfach nur neben mir saß und mich irgendwie verstand.

»Freitag fahre ich hin und schaue es mir an.«

»Hab schon immer gewusst, dass du ein kleiner Klugscheißer bist«, sagte sie und legte mir ihre Hand in den Nacken.

»Aber ich mag Klugscheißer. Besonders Klugscheißer, die Jan heißen.«

»Du kommst mich dann mal besuchen«, sagte ich.

»Darf ich das überhaupt. Als Mädchen?«

»Dann schleichst du dich eben rein.«

Klara nickte und sah zu Boden.

»Sind wir denn jetzt eigentlich zusammen oder so?« Sie sah mich nicht an.

Wir wussten es beide nicht. Wir saßen schweigend nebeneinander. Klaras Hand lag noch immer in meinem Nacken, wir hörten die Türen der Spinde auf- und zugehen, das Schlurfen von Badelatschen, jemand summte leise, irgendwo schrie ein Baby. Ich fühlte mich erleichtert, wusste zugleich aber auch, dass ich es jetzt durchziehen musste, um nicht als Lügner und Idiot dazustehen. Wir standen gleichzeitig auf. Klara sah mich an, küsste mich.

»Kleiner Klugscheißer«, sagte sie, und wir verließen die Umkleide.

Später saß ich auf meinem Bett und starrte auf die leere Tasche vor mir auf dem Boden. Als ich das Ding aus dem Schrank gezogen und geöffnet hatte, waren sofort die alten Trainingsgeschichten wieder dagewesen: die verschwitzten Trikots und verdreckten Stutzen, meine alten Treter, an denen sich an der Spitze schon das Leder aufzulösen begann, die ersten Schlucke aus der Flasche, das angespannte Warten vor den Spielen und die Erschöpfung danach. Jetzt fühlte ich mich ähnlich. Als sei ich sechzig Minuten ohne Unterbrechung über den Platz gejagt, spürte sogar ein Ziehen in den Waden und schwitzte. Ich versuchte, mich an den Gedanken zu gewöhnen, die nächsten Tagen nicht auf dem Brett im Dahlenberger zu stehen, sondern in Joachims Wohnung in Frankfurt auf dem Sofa herumzulungern. Ich versuchte, mich an die Zeit bei ihm zu erinnern, an die Spaghettis und Videofilme, an die Schifffahrten auf dem Main und meine Faszination für die U-Bahnen. Und plötzlich war auch das Gefühl wieder da, das ich immer hatte, wenn ich mit Joachim Sonntagnachmittags zum Hauptbahnhof fuhr und er mir noch eine Zeitschrift oder ein Eis kaufte und wir auf den Holzbänken ganz vorn am Bahnsteig auf den Zug warteten. Er saß meistens, während ich am Rand des Bahnsteigs stand und die ein und ausfahrenden Züge beobachtete. Ich trug einen Rucksack und meistens eine dünne Jacke aus gelbem Stoff, die ich auch im Hochsommer nicht ausziehen wollte.

Ich warf ein paar Klamotten in die Tasche, von denen ich dachte, sie würden mich im Internat zu einer gleichfalls auffälligen wie interessanten Person machen. Ich wusste, wie wichtig der erste Eindruck, der erste Auflauf war. Und da es dort wahrscheinlich kein Becken und kein Brett gab, musste ich es irgendwie anders hinkriegen. Ich packte mein altes LA Lakers Shirt ein, das mir immer noch viel zu groß war, aber dadurch auch lässig wirkte, außerdem noch drei bunte Shorts. Ich stellte mir vor, wie ich damit vor dem Gebäude stand und den Lehrern die Hand reichte. Sie würden mich gar nicht genau ansehen, sondern die ganze Zeit auf meine Shorts starren und vergessen, was sie mich eigentlich fragen wollten. Meine Laune besserte sich etwas, ich suchte nach meinem MP3-Player, wollte noch ein paar neue Titel aufspielen, als Lisa anrief. Augenblicke lang starrte ich auf das Display, las ihren Namen, kapierte aber nicht, was er zu bedeuten hatte.

»Hallo?«

Ich hörte sie atmen, sie rannte oder war bis vor ein paar Sekunden noch gerannt. Was ich so mache, ob ich sie noch kenne, ob ich noch ihr Tattoo habe?

»Lisa«, sagte ich, stand in der Mitte des Zimmers und sah hilflos vom Bett zum Fenster und vom Fenster wieder aufs Bett.

Blitzmerker, sie lachte, kehlig und abgehackt. Ob ich sie sehen wolle.

»Wo bist du denn?«

Sie nannte einen Ort. Dort auf der Festwiese, mitten in der Stadt. Für mindestens vier Tage. Dann sagte sie nichts mehr, im Hintergrund hörte ich Stimmen, ein Kind schrie.

»Okay«, sagte ich. Dann war sie weg. Ich warf das Handy aufs Bett, trat nach der Tasche und lehnte mich aus dem Fenster.

»Okay«, murmelte ich leise, wiederholte es einige Male. »Okay okay okay okay.«

Dann kritzelte ich den Ortsnamen auf meine Schreibtischunterlage und ging duschen. Ich hatte von Dürhausen noch nie gehört.

Unten im Garten zischte es, wie wenn eine Katze ihr Revier verteidigt. Ich lag im Halbdunkel und starrte zur Decke, versuchte mir Lisa vorzustellen, ihr Gesicht, ihre Hände. Wie sie mir die Knarre an die Stirn gehalten hatte. Wie in einem Film sah ich mich von außen, wie ich da zwischen den beiden Wohnwagen stand und sie fassungslos anglotzte. Ich musste grinsen, denn die Szene hatte wirklich etwas Witziges. Wieder zischte es unten, aber diesmal war es keine Katze, es war kehliger, lauter. Ich hob den Kopf, glaubte, jemand flüstere meinen Namen. Ich lehnte mich aus dem Fenster und sah unten im Garten des Alten Jonas kauern.

»Was machst du da?«

»Komm runter.«

»Bist du irre?«

»Komm runter.«

Leise öffnete ich die Terrassentür und ging hinüber zum Zaun. Jonas hockte im Unkraut und grinste schief. Er hatte sich wieder das Gesicht angemalt, hingekrackelte schiefe Striche über Wangen und Nase, auf der Stirn und um den Mund herum. Im ersten Moment glaubte ich, jemand habe ihn verprügelt, dann aber sah ich, dass es Fingerfarbe war.

»Der Alte ist ein Freak. Komm rüber«, sagte ich.

Jonas schwang sich über den Zaun, kramte aus seinem Rucksack eine schmale Dose und schraubte den Deckel ab.

»Was ist los mit dir?«

»Ich hab sie gefunden?«

»Wen?«

»Wirst schon sehen. Jetzt halt mal still.«

Er begann, mein Gesicht zu bemalen. Er schmierte die Farbe auf meine Stirn, auf die Wangen. Ich wollte zurückweichen, aber er hielt mich fest. Als Jonas fertig war, zog er auch die Linien in seinem Gesicht nochmals nach, dann schlichen wir hinaus auf den Steinweg.

Wir mieden die Straßen und Gassen, kletterten stattdessen in die Gärten, überwanden Balustraden und Zäune, hielten nach Hunden Ausschau, verscheuchten Katzen. Wir hockten uns in Gartenstühle und hörten Stimmen aus den oberen Etagen. Wir lugten in ein Fenster, aus dem helles Keuchen drang. Eine Frau hockte mit angewinkelten Knien auf einem Typen und bewegte sich nicht. Wir konnten ihre schimmernde Gestalt sehen, und ich war mir sicher, dass sie uns sah. Sie schaute genau zum Fenster und strich sich mit einer Hand eine Strähne aus der Stirn. Ich konnte nicht wegsehen, auch wenn sie jeden Moment losbrüllen und der Typ zum Fenster stürzen und auf uns einschlagen würde. Schließlich zog mich Jonas zur Seite, wir schlichen weiter, durch verwaiste trockene Gärten, vorbei an stillen Tümpeln und verrammelten Schuppen. Wir waren wie Geister, zwei Getriebene, die die Mörder ihrer Familien suchten, die nichts mehr zu verlieren hatten und nur noch von dem Wunsch nach Rache am Leben gehalten wurden. Wir wussten, dass alles in einem furchtbaren Gemetzel enden würde. Auf einer Terrasse entdeckten wir einen Mann. Er war nackt und stand alleine dort, rauchte und kratzte sich eine Weile versonnen an den Eiern. Wir kauerten im Nachtschatten eines krummen Baums und sahen zu ihm. Das Gesicht des Mannes leuchtete im Licht der Glut kurz auf, dann begann er zu sprechen, leise, die Kippe zwischen den Lippen. Er erzählte ausführlich, gestikulierte, dann schwieg er wieder, sah auf seinen Schwanz, drehte die Kippe zwischen den Fingern und fuhr fort. Mir kam es wie eine Melodie vor, seine Stimme schleppte sich von Silbe zu Silbe, von Satz zu Satz, brach ab und begann von neuem. Jonas drückte seine Stirn gegen den Stamm. Der Mann sah über den Garten. Wir warteten, bis er wieder hineingegangen war, dann schlichen wir weiter.

»Ich werde weggehen«, sagte ich. »Auf eine andere Schule. Ich werde da wohnen.«

Jonas zündete sich eine Zigarette an, lehnte sich zurück. Wir hockten mit angezogenen Beinen in einer Hollywoodschaukel, schwangen sachte vor und zurück. Wir sahen in den Himmel, dem Rauch der Kippe nach.

»Ziemlich bald schon.«

»Wird Zeit, oder?« Jonas sah mich an.

Ich wusste nicht genau, was er meinte, nickte aber.

»Ich werde auch irgendwann gehen.« Jonas pustete einen ovalen Ring. »Raus aus diesem Kaff. Ich werde mir ein Becken suchen mit einem Turm, mindestens siebeneinhalb. Alles andere bringt nichts. Ich glaube nicht, dass wir jemals den Doppelten packen, nicht hier.«

»Ich komm euch besuchen, sooft ich kann.«

»Dann hast du‘s geschafft, denke ich mal.« Jonas schloss die Augen.

Ich wusste nicht, was ich noch sagen sollte, wollte mich entschuldigen, dass nun auch ich ging, wollte ihm versichern, dass es nicht für immer sei, dass ich zurückkäme, jedes Wochenende. Aber vielleicht würde es ihm so auch leichter fallen, Dahlenberg zu verlassen.

Er zog ein letztes Mal an seiner Kippe, blähte die Backen, dann nahm er meinen Kopf zwischen seine Hände. Wir sahen in monströse Gesichter. Jonas lächelte, dann drückte er seinen Mund auf meinen und gab mir einen Shot. Wir starrten uns an. Ich begann zu würgen, beugte mich über die Schaukel, Tränen schossen mir in die Augen. Jonas hielt mich fest. Dann wurde es besser, ich spürte eine taube Wärme in Armen und Beinen, eine angenehme Übelkeit stieg mir die Kehle hoch.

»Du wolltest mir noch was zeigen«, sagte ich krächzend. »Du hast gesagt, du hast sie gefunden.«

»Ich hab Elli gefunden.«

»Elli?«

»In der Bürstenfabrik, ja.«

»Aber Elli ist doch …«

»Sie ist da draußen«, unterbrach er mich. »Und wir holen sie da raus. Wir beide. Das ist unsere Geschichte. Das ist allein unser Ding, wir regeln das.«

Wir liefen den Feldweg am Dahlenberger lang, Jonas vornweg, ein so undeutlicher Schemen in der Dunkelheit, dass ich Mühe hatte, ihm zu folgen. Es war ein Film, und wir waren die Schauspieler. Wir konnten so ziemlich alles tun, Pyro zünden, herumballern, aus Helikoptern springen, Monster erscheinen lassen, Flugzeuge vom Himmel holen. Wir rannten die ganze Zeit, verließen den Feldweg und liefen ein Stück auf der Landstraße. Ich war ein paarmal kurz davor, stehenzubleiben und nach Jonas zu rufen, ich könne nicht mehr und außerdem habe ich auf seine Spinnereien keinen Bock mehr, aber irgendetwas zog mich weiter. Wir erreichten die Fabrik und blieben am Bauzaun stehen, keuchend, mückenumschwirrt. Wieder wollte ich etwas sagen, Einspruch erheben, ihn für einen Idioten erklären, aber dann zwängten wir uns schon durch eine Öffnung im Zaun und liefen hinüber zu den alten Gebäuden. Jonas holte eine Taschenlampe aus dem Rucksack und gab sie mir, dann zog er die Makarow heraus. Ich starrte ihn an. Das dunkle Laub der Bäume bog sich zu uns herab, das Dach rutschte vom alten Gemäuer. Ich hatte einen trockenen Mund, brachte keinen Ton heraus.

»Hier lang«, sagte Jonas, und ich leuchtete in ein schwarzes Loch hinein, das mal eine Tür gewesen war.

Die Halle war riesig und fast leer. Es roch nach Moder, nach feuchtem Holz und Pisse. Ich ließ den Kegel der Taschenlampe die Wände entlanglaufen, langsam gewöhnten sich unsere Augen an die Dunkelheit, und wir konnten Umrisse alter Maschinen erkennen, einen Haufen zerhauener Stühle und Tische, Bauschutt, alte Gipsplatten. Jonas lief zu einer eisernen Tür, hämmerte mit der Makarow dagegen, brüllte Ellis Namen. Ich stand hinter ihm und hörte seine Schläge durch die Halle dröhnen, ließ seinen Rücken aufleuchten wie der Rücken eines Schuppentiers.

Seine Stimme war nur noch ein schmutziges dichtes Geräusch.

»Lass den Scheiß.« Ich machte die Lampe aus, zog ihn weg. »Du blöder Idiot.«

Ich hatte keine Angst vor der Waffe. Ich zog Jonas zu mir, weg von der Tür, sein Hemd riss am Kragen ein, ich zerrte ihn weiter, auf die Knie.

Jonas sah mich erstaunt an, seine Pupillen waren zwei kugelnde Murmeln. Wir kauerten in der Dunkelheit voreinander, wir hörten den anderen atmen und warteten darauf, dass etwas passieren würde. Irgendwo in der Dunkelheit schlug Metall aufeinander. Wir zuckten, warteten. Wieder das Geräusch. Es kam aus einer Ecke der Halle.

»Licht. Mach das Scheißlicht an«, flüsterte Jonas.

Ich tastete nach der Lampe, und als ich sie endlich zu fassen bekam, sahen wir die Bewegung. Vielleicht war es auch keine Bewegung, sondern nur ein Schatten. Keiner sagte etwas, weil es bedeutet hätte, zuzugeben, dass da etwas war. Aber ich war mir ziemlich sicher, dass dort drüben in der Dunkelheit jemand hockte und zu uns herübersah. Manchmal hob er einen Arm oder drehte den Kopf. Dann glaubte ich ein Handtuch rascheln zu hören, Wasser tropfte. Jonas neben mir regte sich nicht, aber ich sah, dass er die Makarow fest in der Hand hielt und wartete jeden Moment auf den Schuss.

»Ist er das?«, flüsterte Jonas. »Ist er das?«

Ich sagte nichts, hob die Lampe und knipste das Licht an. Flügel klatschten in die Luft, Metall knackte, ich ließ die Lampe fallen und duckte mich, Jonas schrie und feuerte die Makarow zweimal ab. Der Lärm war ohrenbetäubend und hallte auch Ewigkeiten nach. Zitternd griff ich nach der Taschenlampe, Jonas legte mir eine Hand in den Nacken.

»Nur Vögel«, sagte er und lachte hell. »Nur ein paar Scheißvögel.«

Schweigend liefen wir zum Bauzaun zurück, schoben uns durch die Öffnung und sahen uns erst wieder um, als wir die Straße erreicht hatten und der Wald und die Fabrik schon weit hinter uns lagen. Wir brauchten fast eine Stunde, ehe wir die Einfahrt zu Jonas' Grundstück erreichten. Dort kotzte ich hinter eine Hecke, Jonas lachte glucksend und holte Küchenrolle und zwei Bier. Unsere Gesichtsfarbe war verwischt, wir waren von Mücken zerstochen und von den Sträuchern zerkratzt. Wir legten uns in die Gartenstühle, ich spülte mit dem Bier den galligen Geschmack hinunter.

»Auf die Zukunft«, sagte Jonas. »Auf dich und die Scheißzukunft!«

Dann lagen wir schweigend da und warteten die Dämmerung ab.

Kapitel 15

Ich wurde von einem hellen Summen wach. Ein paarmal wischte ich mit den Armen durch die Luft, es hörte kurz auf, kam dann aber wieder, nah an meinem Ohr. Ich kratzte mich, ich schlug um mich, drosch auf die Gesichter ein, die mich umgaben und mir ins Ohr zischten, drosch auf die Arme ein, die sich nach mir streckten und mich überall berührten. Finger bohrten sich in meine Ohren, in meine Nasenlöcher, zogen mir die Lippen auseinander, die Lider nach oben. Ich wollte schreien, aber gluckste nur und sabberte. Dann riss ich die Augen auf. Ich sah über mir die dunklen Äste der Tannen wie die Schwingen riesiger Vögel, und dahinter einen wolkenlosen Himmel. Ich fuhr mir übers Gesicht, richtete mich auf. Der Garten um mich lag in ahnungsloser Ruhe da, ich hatte keinen Schimmer, warum ich unter den Bäumen und nicht mehr drüben in einem der Gartenstühle lag. Von Jonas keine Spur. Ich würgte ein paarmal, dann stand ich auf und taumelte übers kurzgemähte Gras Richtung Haus. Die Terrassentür war einen Spalt geöffnet, ich schob sie auf und ging hinein. Das Wohnzimmer war kühl, die Möbel so zueinander arrangiert, dass sie den Raum größer machten. Es war kurz nach acht. Ich tappte über die Fliesen, lauschte, aber außer meinen Atemzügen und dem Ticken der Uhr konnte ich nichts hören. Ich ging langsam in die Küche, drehte das Wasser auf und trank direkt vom Hahn. Ich drückte mir die nassen Hände ins Gesicht und merkte, dass ich noch immer mit Farbe beschmiert war, zog drei Lagen Küchenrolle ab und wischte mir über die Wangen.

»Wir haben auch Kaffee.«

Ulrich stand im hinter mir. Er trug kurze Shorts und einen Bademantel. Ich zuckte zusammen, blinzelte mir das Wasser aus den Augen.

»Okay«, stammelte ich.

»Jan, stimmt's?«

Ich nickte. Ich kannte Ulrich eigentlich nur im Anzug, als er noch den Job hatte und mit Aktentasche durchs Haus rannte, weil er sein Blackberry suchte. Jetzt lächelte er und kratzte sich.

»Jonas ist nicht hier«, sagte er.

»Schon okay«, sagte ich.

»Hab ich was verpasst?« Er schlurfte an mir vorbei zur Spüle, stellte den Wasserkocher an und begann eine Kanne mit Kaffeepulver zu füllen. »Fasching oder so?« Er deutete auf mein Gesicht.

»Nein, nichts.«

Ich knüllte das Papier zusammen und wusste nicht, ob ich mich für mein Aussehen schämen oder es rotzig zur Schau stellen sollte.

»Bist ein richtiger Mann geworden.« Ulrich sprach mit dem Rücken zu mir, seine Worte waren verwaschen, als koste es ihn Mühe, sie zu formen. »Seid ihr irgendwie alle, Jonas, du, dieser Hank. Richtige junge Männer. Männer, die was vorhaben, die was vom Leben wollen. Stimmt's?«

»Kann schon sein.«

»Milch, Zucker?«

»Schwarz«, sagte ich, obwohl ich eigentlich nie Kaffee trank. Den Spruch hatte ich aus irgendeinem Film.

»Schwarz«, murmelte er und goss den Kaffee auf.

Ulrich sah beschissen aus. Sein Gesicht war fahl, die Wangen teigig. Er reichte mir die Tasse, zog einen Stuhl zu sich und setzte sich. Ich trank einige Schlucke, unterdrückte mit Mühe ein Würgen, dann stand ich unentschlossen in der Küche herum, in der es nicht nach Essen, sondern nach Putzmitteln roch.

»Geht's dir nicht gut?« Ulrich sah mich an, aber seine Blicke galten nicht mir, sondern etwas hinter mir im Raum.

»Doch doch«, sagte ich und versteckte mich hinter meiner Tasse.

»Willst du Zitrone?«

Ulrich ging an die Anrichte und schnitt eine Zitrone in Schnitze. Er nahm einen, biss kraftvoll hinein und verzog das Gesicht dabei nicht. Fast genüsslich schlürfte er den Saft aus der Zitrone, kaute auf dem Fruchtfleisch herum.

»Richtig gesund, das Zeugs. Vitamine. Seit ich die Pillen nehme, schmeckt jedes Essen gleich, ist völlig egal, ob ich ein schönes Stück Lende oder eine alte Sohle esse.« Er lächelte und wischte sich den Saft vom Kinn.

»Willst du auch mal?«

Ich schüttelte den Kopf, Ulrich nahm sich noch einen Schnitz vor. Ich hörte ihn schmatzen, drehte meine Tasse, auf der ein übergroßes Smiley psychotisch grinste.

»Und, was habt ihr jetzt vor?«

Ulrich warf die zerkaute Zitrone in die Spüle und wusch sich die Hände.

»Keine Ahnung.«

»Nicht irgendwas Spannendes? Irgendwohin fahren zum Beispiel, Italien, Frankreich. Ich war mit achtzehn zum ersten Mal in Indien. Ein Jahr später Sri Lanka, dann Thailand.«

»Erstmal nicht.«

»Erstmal nicht«, wiederholte Ulrich.

Ich wusste nicht genau, wie lange das mit Ulrich schon so lief. Ich getraute mich kaum ihn anzuschauen, als hätte er irgendein Mal im Gesicht, das ihn entstellte und das durchs Anglotzen noch größer, roter und knubbeliger wurde. Ich lehnte mich an den Tisch und sah hinaus in den Garten. Weißes Licht flutete in die Küche. Ulrich grimassierte still vor sich hin.

»Ich zeig dir mal was.« Ulrich raffte seinen Bademantel zusammen, zog die Kordel straff und schlurfte zurück ins Wohnzimmer. »Komm schon, ich fress dich nicht.«

Ich stellte meine Tasse ab und folgte Ulrich. Wir gingen hinunter in den Keller. Es war eigentlich kein Keller, sondern ein weiter Wohnraum ohne Fenster. Der Boden war gefliest, die Wände weiß und mit teuren Kunstdrucken behangen. Es gab ein Bett, einen Schreibtisch und in allen vier Ecken Stereoboxen. Ulrich knipste eine Lampe an. »Schön, nicht wahr?«

Auf einem Sockel stand ein Modellbauschiff. Von den Masten spannten sich Taue, die Segel waren gerafft.

»Das ist die Niña. Eins von Kolumbus' Schiffen. Eine Karavelle. Schon mal von gehört?«

Er wartete nicht auf eine Antwort, sondern hob das Modell vorsichtig vom Sockel, flüsterte dabei etwas. Er hielt es so, dass ich sein Gesicht nur noch durch die winzigen Taue hindurch sehen konnte.

»Zuerst fuhren sie noch mit Lateinsegeln am Groß- und Fockmast«, sagte Ulrich. »Später hat Kolumbus sich dann für Rahsegel entschieden, wegen der Passatwinde. Nach der Amerikareise wurde die tapfere Niña von Piraten gekapert und verschwand dann während einer Meuterei in Westindien auf Nimmerwiedersehen. Du willst sicher wissen, ob sie schwimmen kann. Kann sie, kann sie richtig gut.«

Ulrich griff nach einer Fernbedienung, die Stereoanlage sprang an. Meeresrauschen war zu hören, krachende Welle, der pfeifende Wind. Ulrich bewegte das Modellboot vor seiner Brust auf und ab, begann durch den Raum zu gehen, drehte sich, ging in die Knie.

»Siehst du, wie sie schwimmt«, brüllte er durch den Wellenlärm.

Ich lehnte am Schreibtisch, eingeschüchtert aber auch fasziniert.

Ulrich keuchte, wand sich aus dem Bademantel und krabbelte übers Bett. Das Schiff krachte in die Wellen, stieg auf und fiel wieder. Ulrich imitierte die aufgeregten Stimmen der Besatzung, er scheuchte die Männer in die Takelage, forderte sie zum Raffen der Segel auf, sie mussten Kurs halten, koste es was es wolle. Mit einem hellen Knacken brach Ulrich einen Mast ab und warf ihn Richtung Schreibtisch. Die Männer jammerten verzweifelt. Einer wurde von Bord gespült, keiner konnte ihm helfen. Die Niña war nicht zu retten.

»Sie säuft ab, dieses Scheißding säuft ab«, brüllte Ulrich und warf das Schiff quer durch den Raum an die Wand, wo es splitternd versank.

Er schaltete die Stereoanlage ab, ließ sich aufs Bett fallen. Ich regte mich nicht.

»Geh mal zum Schrank«, sagte Ulrich ohne aufzusehen. »Geh hin und mach ihn auf.«

Im Schrank stapelten sich Modellbausätze von Schiffen und Flugzeugen.

»Nimm irgendeins«, sagte Ulrich. Ich nahm die oberste Packung.

»Was steht drauf?«

»Fokker Dr. 1.« Ich reichte sie ihm.

»Der rote Baron, oha.« Ulrich vertiefte sich in die Abbildung, murmelte leise etwas.

Ich nutzte die Gelegenheit, zog die Tür auf und schlüpfte hinaus. Ich lief die Treppen hoch, blieb aber noch einmal an der Terrassentür stehen und lauschte. Er folgte mir nicht. Ich würde Jonas zur Sau machen, weil er mich einfach mit seinem durchgeknallten Vater alleine ließ. Ich wollte gerade nach draußen, als ich von oben ein Geräusch hörte. Vielleicht war Jonas oben und schlief. Ich lief die Treppe hinauf, vorbei am Bad und schob seine Zimmertür auf. Er war nicht da. Das Fenster war geöffnet und schlug sacht gegen den Rahmen. Ich verließ das Zimmer wieder und schloss mich im Bad ein. Ich pinkelte und las die Titelschlagzeilen einer Frauenzeitschrift. Ich spülte, sah mich im Spiegel an. Mein Gesicht glich einer Landschaft: Grünblaue Flecken waren über der Stirn und den Wangen verwischt, meine Augen zwei dunkle Tümpel. Ich grinste übertrieben und verließ dann fluchtartig das Bad.

Kapitel 16

Ich war mir sicher, dass es das letzte Mal sein würde. Ich lehnte mein Rad an den Zaun und kletterte hinüber. Obwohl wir längst die stillschweigende Erlaubnis von Hackenbarth fürs Nachtbaden hatten, war die Überwindung des Zauns noch immer ein Ritual, Teil unserer neuen Vereinbarung. Die kleine Herausforderung war sowas wie die Erweiterung unserer Jahreskarte auf die Nachtzeiten.

Jonas, Hank und Klara saßen am Kiosk, hatten sich Stühle vom Stapel genommen und sahen hinüber zum erleuchteten Becken. Ich setzte mich zu ihnen, keiner sagte etwas. Andy stand drüben am Brett, das Handtuch über die Schulter geworfen, er knetete seine Finger, grimassierte.

»Wie lange ist er schon da?«, fragte ich.

»Keine Ahnung. Als wir kamen, stand er da schon.« Jonas kaute auf seiner Lippe herum.

Langsam gingen wir hintereinander ans Becken und setzten uns auf die Bank. Irgendwie war ich froh, ihn zu sehen. Er war weder verbrannt noch hatte er sich bei der alten Fabrik einfach in Luft aufgelöst. Andy sah auf und spitzte die Lippen, als wolle er Wasser in unsere Richtung spucken, dann aber entspannte sich sein Gesicht, und er sah wieder auf seine Hände.

Ich linste zu Jonas. Er hatte noch immer die Bemalung im Gesicht und roch nach Wiese und nach Erde.

»Mal sehen, was er noch draufhat«, sagte er.

Andy ging bis an die Spitze des Bretts und sah aufs Wasser hinunter. Eine Zeitlang stand er dort, atemlos, ruhig und schön.

Dann begann er zu schwingen, dreimal, viermal. Sein Körper hob sich in die Nacht und landete zielgenau wieder auf dem Brett. Nach dem vierten Mal stieß er sich endgültig ab. Und Andy sprang nicht einfach, er zelebrierte. Sein Körper zog sich zusammen, er wirbelte zweimal um die eigene Achse, bevor er Arme und Beine weit von sich streckte und mit den Füßen voran in einem nahezu perfekten Winkel ins Wasser eintauchte. Die folgende Fontäne war eine schnell aufschießende, nach vorn stürmende Wasserfigur, die sich bis zu ihrem Scheitelpunkt schillernd aufbaute und dann in einem einzigen Knall zusammenbrach.

Einen Augenblick war es totenstill. Die Grillen hatten aufgehört zu zirpen, und selbst der Wind in der Platane war verstummt. Wir sahen uns an.

»Das war er«, brachte Hank als erster hervor.

Ich schluckte und rutschte nervös auf der Bank herum.

»Der Doppelte.«

Die Wellen schlugen an den Beckenrand und schwappten in die Überlaufrinne.

»Ich hab immer gewusst, dass es geht«, murmelte Jonas und stand auf.

Wir sahen übers Becken. Das Wasser glättete sich wieder, von Andy keine Spur. Ich ging an die Rinne und sah auf den Grund. Da war kein Schatten, keine Bewegung, nur das streuende Licht der Scheinwerfer. Wir sahen uns ratlos an, in unseren Gesichtern schimmerte das Wasser.

»Wo ist er?«

»Sein Handtuch.« Ich nahm es, schüttelte es auf.

Der Slayer-Schriftzug stand in Flammen.

»Er ist ein verdammter Geist«, sagte Jonas und lächelte. Aber er lächelte nicht, um einen Witz anzudeuten, sondern um keine Angst zu zeigen. Wir suchten die Steinplatten nach Spuren von Andy ab, es mussten Wassertropfen da sein, Fußabdrücke. Aber es waren keine da. Wir hockten uns wieder auf die Bank.

»Der ist sicher raus, als wir noch aufs Wasser geglotzt haben«, sagte Hank.

»Oder durch die Filteranlage. Wie ein Fisch.« Klara sah zu Boden.

Das Wasser war nun wieder vollständig zur Ruhe gekommen. Grillen zirpten. Die Nacht war vollkommen. Wir saßen noch eine Weile am Becken und sahen aufs Wasser, und plötzlich war uns klar, dass die Zeit im Dahlenberger vorbei war, die Zeit, wie wir sie kannten. Natürlich würde jeder von uns weiter ins Bad gehen, aber es wäre dann etwas anderes. Wir würden nicht mehr morgens um neun am Geräteschuppen lungern und zusehen, wie die Königin ihrer Nissan in provozierendem Schneckentempo auf den Parkplatz lenkte, sich mit dem Aussteigen Zeit ließ und sich beim Einlass einen von uns vornahm. Wir würden nicht mehr Rainer bei der Kistenschlepperei und Hackenbarth im Gespräch mit den Weißen beobachten. Wir würden nur noch kurz ins Dahlenberger gehen, eine Runde schwimmen und das Bad dann wieder verlassen.

Hank und Klara gingen zuerst. Klara küsste mich auf die Wange, Hank verrenkte sich, was irgendetwas zwischen Strecken und Dehnen darstellen sollte, nickte mir zu. Dann verschwanden sie in der Dunkelheit.

Jonas rückte neben mich, und eine Weile saßen wir schweigend nebeneinander und schauten zum Brett.

»Was von Elli gehört?« Ich wusste, dass die Frage eigentlich überflüssig war, aber ich hatte das Gefühl, noch etwas tun zu müssen.

»Die kommt schon zurecht«, sagte Jonas.

»Glaubst du, es geht ihr gut?«

Er sah mich ernst an. »Soll ich dir mal was erzählen? Elli und ich haben uns was geschworen. Wir haben uns geschworen, dass jeder seine Erfahrungen machen darf. Aber wenn der eine den anderen braucht, dann ist er da. Das haben wir uns geschworen. Dass der eine für den anderen da ist. Und ich bin für sie da, wenn sie wiederkommt.«

Ich nickte, Jonas stand auf. Vielleicht war das das einzige, was wir wirklich füreinander tun konnten. Warten und da sein, wenn es darauf ankam. Wir standen nebeneinander am Becken und versuchten, uns an Andys Sprung zu erinnern, den Doppelten, der eigentlich unmöglich zu springen war, von diesem Brett, in diesem Becken. Ich schob eine Hand in die Hosentasche und zog Andys Schlüssel heraus. Schweigend betrachteten wir ihn. Weder Jonas noch ich wussten, was wir mit dem Ding tun sollten. Auf eine Art überforderte uns der Schlüssel, was für einen Schlüssel schon eine ganz gute Leistung war.

»Wirf ihn ins Wasser«, sagte Jonas und wandte sich ab.

Ich ging ans Becken, sah auf den Grund. Ich musste nur die Hand öffnen. Aber ich tat es nicht, schob die Faust zurück in die Tasche und folgte Jonas langsam nach. Wir kletterten über den Zaun und schlossen unsere Räder auf. Jonas legte mir die Hand in den Nacken und zog mich zu sich. Sein Atem roch nach Bier und Kaugummi.

»Zeig denen, was du drauf hast«, sagte er.

Seine Stimme schwamm. Wir sahen uns an, Jonas presste die Lippen zusammen, nickte, dann stieg er auf sein Rad und fuhr den Parkplatz hinunter. Am Mühlenweg bremste er noch einmal und blickte sich um. Ich sah nur seinen dunklen Schemen, er hob weder die Hand noch rief er mir etwas zu. Er fuhr einfach davon.

Kapitel 17

Über den Dächern brach schon der Tag an. Ich konnte nicht schlafen, saß auf dem Sims und sah in den Himmel. Ich hatte eigentlich nie daran gezweifelt, dass wir Menschen die einzigen intelligenten Lebewesen im All sind. Alle Vermutungen und Hoffnungen, da draußen irgendwann auf etwas zu stoßen, was uns irgendwie ähnlich sein könnte, hatte ich bisher für ziemlich langweilige Science Fiction gehalten. Aber jetzt war ich mir nicht mehr so sicher.

Ich ging zu Fuß, die Tasche über der Schulter. Den Dammweg hoch Richtung Sportplatz, dann bog ich in den Feldweg nach Borndorf. Vögel hockten in den Wiesen, zwei Rehe sprangen in langen eleganten Sätzen davon. Ich hatte Mutter einen kurzen Zettel geschrieben, sie solle sich einen schönen Tag machen, ich würde mich melden, wenn ich in Frankfurt wäre. Sie würde nicht begeistert sein, dass ich einfach gegangen war, andererseits nahm ich ihr ab, am Bahnhof neben mir zu stehen und nach Worten zu suchen.

Ich fühlte mich gut, spürte eine kribbelnde Aufregung. Ich war Ewigkeiten nicht mehr verreist. Das letzte Mal vor über einem Jahr, Klassenfahrt nach Rom. Joints, Wein und Knutscherei. Fast jeder hatte eine Abmahnung bekommen. Jetzt war ich allein, entschied selbst, wann und wohin. Die Vorstellung, am Ende des Tages in irgendeiner fremden Stadt anzukommen, vielleicht am Meer, vielleicht in den Bergen, berauschte mich. Die Silos des Borndorfer Zementwerks tauchten auf, glänzende Raketen, bereit, in den Orbit geschossen zu werden. Ich zog den Riemen der Tasche auf die andere Schulter und ging weiter. Ein Jogger kam mir entgegen, war aber zu tief in den Rhythmus seiner Schritte versunken, um mich zu bemerken. Eine Katze verfolgte mich eine Zeitlang.

In Borndorf brummte der erste Schub des morgendlichen Berufsverkehrs. Als ich den Bahnhof erreichte, waren schon erstaunlich viele Leute auf den Beinen. Sie standen an den Stehtischen der Bäckerei, trugen Stoffhosen und leichte Sommerjacken, lasen Zeitung und warteten auf den Zug.

Ich hob am Automaten so viel von meinem Konto ab, wie ich kriegen konnte. Einen Teil des Geldes rollte ich zusammen und stopfte es in meine Tasche. Ich kaufte eine Fahrkarte und holte mir zwei warme Brezeln. Dann ging ich zum Bahnsteig, obwohl der Zug erst in einer halben Stunde fuhr. Ich setzte mich ganz vorn auf eine Bank, aß die Brezeln und streckte die Beine aus. Jemand setzte sich zu mir. Ich sah in den Himmel, der mehr und mehr aufklarte und wieder einen heißen Tage versprach. Es war nur schwer vorstellbar, dass sich das irgendwann noch einmal ändern würde. Wir alle gingen vermutlich beim ersten Anzeichen einer Wetterverschlechterung ein, so wie in den letzten Wochen sämtliche Garten- und Balkonpflanzen eingegangen waren.

»Ist gut, endlich loszukommen.« Der Mann kramte in seiner Tasche und warf sich ein paar Körner in den Mund.

Ich presste die Lippen zusammen und nickte.

»Irgendwann ist das, was man kennt, nicht mehr das, was man liebt. Dann kommt man sich vor wie in einem schlechten Film. Obwohl nicht der Film mies ist, sondern nur die Einstellung, mit der man ihn sich anschaut. Körner?«

Er hielt mit die flache Hand hin. Ich nahm mir zwei davon und schob sie mir in den Mund.

»Ich esse praktisch nichts anderes mehr. Wie so ein Scheißvogel.« Er lächelte so breit, dass sein Hut angehoben wurde. Dann schüttelte er den Kopf, als wundere er sich über sich selbst, mampfte und lehnte sich nach vorn.

»Es ist gut, sich keine Gedanken mehr zu machen«, sagte er. »Wer weiß, wo du heute Abend schläfst, in wessen Armen. Vielleicht schlagen sie mich später im Park tot. So einen alten verruchten Penner wie mich.«

»Ich glaube, Sie werden Hundertzwanzig«, sagte ich, »wegen der Körner.«

»Könntest recht haben.« Er nickte ernst. »Könntest verdammt recht haben.«

Der Zug kam quietschend zum Stehen. Ich warf mir die Tasche über die Schulter und stieg ein. Die Tür fiel krachend zu. Ich blieb stehen und sah hinunter auf den Bahnsteig. Der Cowboy saß noch immer kauend da und betrachtete den Zug wie einer, der dieses Ungetüm zwar kennt, es für kein Geld der Welt aber wagen würde, selbst einzusteigen. Langsam rollte der Zug an. Der Cowboy sah auf, und dann tippte er zum Abschied an die Hutkrempe.

»Howdy«, sagte ich, hob die Hand und wartete, bis der Bahnhof außer Sicht war.

Ich war eingeschlafen, den Kopf an die Scheibe gelehnt und kam nur langsam zu mir. Es war ein Gefühl, als tauche ich aus der

Tiefsee auf oder kehre in die Umlaufbahn zurück. Eine Weile hing ich dösend am Fenster und schwitzte, mein Gaumen brannte, in den Straßen sah ich Andy und Elli, Klara und Hank, Jonas, auf den Bahnhofsvorplätzen, auf Parkplätzen. Als ich Frankfurt erreichte, war es Mittag. Über den Gleisen glänzte die Hitze. Ich kaufte mir eine große Flasche Coke, hockte mich in den Schatten am Ende eines Bahnsteigs und versuchte, mir darüber klar zu werden, was ich wollte. Ich trank in kleinen Schlucken, die Brühe machte meine Zunge ganz pelzig, aber ich wurde wieder wach. Die Coke schmeckte nach Joachim, der ganze Bahnhof roch so, wie es in seiner Gegenwart immer gerochen hatte. Vielleicht war er umgezogen oder hatte jetzt eine Freundin. Ich lag halb auf der Sporttasche und sah zu, wie Züge langsam den Bahnhof verließen oder einfuhren, ein quälend langsames Prozedere aus quietschenden Weichen und dumpf schlagenden Bremsen. Ich rappelte mich auf, warf mir die Tasche über und ging in die Bahnhofshalle zurück. Trotz der Hitze war einiges los, Jugendliche mit schweren Trekkingrucksäcken und Sandalen, Familien mit rotgesichtigen Kindern. Es gab erste Zugausfälle wegen verbogener Weichen. Mitarbeiter verteilten Wasserflaschen und Eis. Niemand wurde laut. Die Schlange vor den Informationsschaltern war lang und akkurat. Ich druckte mir am Automaten die Abfahrtzeiten der Regionalbahn nach Dürhausen aus.

Zehn Minuten später saß ich im stickigen, fast leeren Doppelstockwagen am Fenster und ließ den Wind aus der Klimaanlage über mein Gesicht streifen. Die Landschaft war viel flacher als die in Dahlenberg, die Wiesen lagen grau in der Hitze, einmal zog ein Badesee vorüber. Für Augenblicke leuchteten bunte Handtücher, und ich glaubte, den Geruch nach Fritten und Sonnenmilch wahrzunehmen. Als ich in Dürhausen ausstieg, war ich gleichzeitig aufgeregt und auf eine eigentümliche Art auch niedergeschlagen. Es war viel zu einfach gewesen. Ich wartete, bis sich der Bahnsteig wieder leerte. Über den Dächern konnte ich schon das Riesenrad sehen, langsam folgte ich der Straße in den Ortskern. Im Schatten der Fahrgeschäfte lungerten Arbeiter herum und rauchten. Die Karren des Autoskooters wurden gerade vom Sattelschlepper verladen. Die Läden des Losverkäufers waren noch hochgeklappt. Ich schwitzte, mein Herz hämmerte. Das Lisas Anruf nur ein dummer Witz gewesen sein könnte, hatte ich die Zeit über verdrängt, und ich glaubte es auch jetzt noch nicht, da ich zwischen den Fachwerkhäusern entlang ging, auf die Festwiese zu. Ich bekam Seitenstechen und blieb stehen, zog mein Handy aus der Tasche. Keine Nachrichten. Vielleicht war sie betrunken gewesen und hatte eine Wette am Laufen gehabt: Ruf ihn an, sag ihm, dass er kommen soll. Ich war hier. Vielleicht kam sie so zu zwanzig Euro.

Der Breakdance stand in der Mitte des Platzes, neben dem Riesenrand. Gerade montierten sie die Gondeln an. Lisa stand mit dem Rücken zu mir, sie trug ein Kind auf dem Arm. Sie hatte sich ihre Haare zu einem Pferdeschwanz zusammengebunden, trug kurze Shorts und Sneakers ohne Schnürsenkel. Ich getraute mich nicht sie anzusprechen und lief erstmal einen Bogen. Dann erkannte sie mich. Sie öffnete den Mund, sagte aber nichts. Der Junge auf ihrem Arm streckte seine Hände nach einer der Gondeln aus, die gerade von einem Kran angehoben wurde. Wir standen uns schweigend gegenüber, der Kran machte einen ziemlichen Lärm. Der Sommer hatte in Lisas Gesicht und auf ihren Armen Spuren hinterlassen, eingedunkelte Pigmente, dazwischen Sommersprossen und die hellen Streifen eines Sonnenbrands. Sie lächelte jetzt.

»Jan«, sagte sie.

Der Junge rutschte von ihrem Arm, wollte davon, sie zerrte ihn zu sich.

»Was machst du denn hier?«

»Du hast angerufen?«

»Hab ich?«

Sie legte die Stirn in Falten, und ich wollte ihr zu ihrer gewonnenen Wette gratulieren. Dann grinste sie. Ich wischte mir übers Gesicht.

»Das ist schön, ich mein, hätt ich nicht gedacht.« Sie strich sich eine Strähne aus dem Gesicht. »Wir bauen auf, heute Abend geht's los. Scheiße, Niklas, bleib jetzt mal hier.« Sie hob den Jungen wieder auf den Arm. »Hast du Hunger? Du siehst so aus, als ob du Hunger hast.«

Wir gingen zwischen den geschlossenen Buden und Fahrgeschäften hinüber zu einem Wagen, dessen Läden noch heruntergeklappt waren. Auf dem Grill brutzelten ein paar Würste, ein gedrungener Typ hielt die Zange wie eine Waffe vor sich. Mir wurde schlecht beim Geruch der halbverkohlten Wurstpellen.

»Mach mal zwei fertig«, sagte Lisa und lehnte sich an einen der Stehtische. Sie hatte Niklas heruntergelassen. »Und tu bisschen Zwiebel drauf, ja?«

Der Mann lachte und gabelte nach den Würsten. Wir sahen den Jungen zwischen den Wagen herumrennen wie eine außer Kontrolle geratene Aufziehpuppe.

»Gehört er zu dir?«

»Niklas?« Lisa zog den Pferdeschwanz straff. »Ich bin nicht seine Mutter, wenn du das meinst.«

»Sondern?«

»Sowas wie seine große Schwester. Ich kümmre mich halt ein bisschen um ihn.«

Die Würste steckten in weißen Brötchen und waren mit Senf und Röstzwiebeln garniert. Der Typ reichte sie uns heraus und zwinkerte dabei, als verrate er mit den Würsten auch ein Geheimnis. Wir aßen im Gehen, ich schluckte mehr, als das ich kaute. Lisa sah mich von der Seite aus an und wischte sich den Senf aus dem Mundwinkel.

»Und du bist wirklich wegen mir gekommen?«

Wir lehnten uns ans Gerüst der Schiffsschaukeln, fingerten die Zwiebeln aus den Brötchen und sahen Niklas dabei zu, wie er mit einem Ast auf das trockene Gras eindrosch.

»Ja.« Ich suchte krampfhaft nach weiteren Worten, aber es fielen mir keine ein, und ich schob mir den letzten Rest der Wurst in den Mund.

»Dann machen wir jetzt einen kleinen Ausflug.« Lisa stand auf und rieb sich die Hände an ihrer Shorts. »Hier gibt's einen Fluss, ist schön da.«

Das Festgelände endete an einer Straße. Es roch nicht mehr nach Zuckerwatte und Fritten, sondern nur noch nach warmem Asphalt und Hundehaufen. Lisa wollte picknicken, also kauften wir Chips, Coke und zwei Dosen Bier. Die Kassiererin sah uns an, sagte aber nichts. Dann stapften wir durch die Wiesen, dem Fluss zu. Er war nicht besonders breit, aber das Wasser glitzerte und war ziemlich sauber. Wir hockten uns in den Schatten einiger Bäume, rissen die Chips auf und fingerten die salzigen Dinger heraus.

»Hat noch nie jemand gemacht, mich besucht.«

»Das erzählst du doch allen.«

»Kann schon sein.« Lisa rutschte zu mir und küsste mich. »Jetzt nochmal, eine richtige Begrüßung.«

Wir lagen nebeneinander am Ufer, sahen hinauf ins Laub und sagten nichts. Es war tatsächlich nicht so aufregend, wie ich es mir vorgestellt hatte: am Ende des Tages irgendwo zu liegen, in irgendeiner Stadt zu sein, irgendwelche Gesichter zu sehen. Es war ein bisschen wie in Dahlenberg, nur dass mein Fahrrad nicht hinter mir im Gras lag und sich Jonas nicht mit einem Spruch neben mich hockte.

»Hattest du Sehnsucht nach mir? Kannst du das mal sagen.« Wieder lächelte sie. Sie lächelte wie damals, als sie mir zwischen den Wohnwagen die Kinderknarre an den Kopf gehalten hatte und ich für einen Moment wirklich glaubte, sie würde mich erschießen wegen ein paar dämlicher Euros.

»Was soll ich sagen?«

»Das mit der Sehnsucht.«

»Du hast mir gefehlt.«

»Noch mehr.«

»Geht nicht.«

»Dann tu wenigstens so.«

»Du hast mir echt gefehlt.«

»Naja.« Lisa richtete sich auf.

Ich bemerkte, dass ihre Schienbeine voller blauer Flecken waren, und für Augenblicke stellte ich mir vor, wie sie sich mit ein paar Dürhausener Jugendlichen ums Fahrgeld prügelte. Lisa begann sich auszuziehen. Sie schlüpfte aus den Shorts, dann zog sie sich das Shirt über den Kopf und löste ihre Haare. Sie ging hinunter ans Wasser. Ihr Slip war ihr verrutscht. Sie sah sich nicht nach mir um, sondern blickte konzentriert aufs Wasser, ging langsam hinein und hockte sich in die Mitte des Flusses mit einem lauten Seufzer hin. Das Wasser sprudelte um sie, sie schlug mit den Armen darauf.

»Komm schon rein!«, rief sie.

Ich blieb sitzen. Mir war etwas flau von der Bratwurst und den Chips.

»Kannst auch die Hose anlassen, wenn das dein Problem ist.«

Ich hielt die Luft an, als ich mich zu ihr setzte. Das Wasser war viel kälter als das im Dahlenberger. Außerdem hatte sich mein Körper den ganzen Tag über mit Hitze vollgesogen, die jetzt schockartig aus jeder Pore gedrückt wurde. Ich atmete gepresst.

»Siehst gut aus«, sagte Lisa und sah mich an.

»Danke. Du aber auch.«

»Ich meins ernst.«

»Ich meins auch ernst.«

Lisa strampelte mit den Beinen, feiner Sand wirbelte auf und schwemmte davon. Mein Schwanz kringelte sich zu einer kleinen Schnecke. Wir fischten nach flachen Steinen und ließen sie mit der Strömung übers Wasser spritzen. Als wir zu frieren begannen, staksten wir aus dem Wasser und legten uns in die Sonne. Meine Haut kribbelte wie verrückt, aber ich zwang mich nicht zu kratzen. Lisa neben mir atmete gleichmäßig, sie hatte die Augen geschlossen. Ihre Haare lagen strähnig um ihren Kopf, wie ein heller Lichtkranz. Ich streckte meine Hand aus und berührte sie am Bauch. Lisa regte sich nicht, sie atmete gleichmäßig weiter. Dann richtete sie sich aber auf, öffnete ihren BH und nahm meine Hand. Ich sah sie an. Sie drückte meine Hand auf ihre Brust, und ich bekam einen Steifen. Sie sah mich an, lächelte, ließ meine Hand los. Ich wollte sie weiter anfassen, aber Lisa rutschte von mir weg, ging auf die Knie und strich sich die Haare aus dem Gesicht.

»Bist du auch einer von denen, die sofort abspritzen, wenn sie Titties anfassen?«

Sie lächelte nicht mehr, sah mich mit zusammengekniffenen Augen an. Ich sah auf die blauen Flecken an ihren Schienbeinen, sagte nichts und versuchte, meinen Steifen wieder loszuwerden.

»Glaubst du, ich bin so blöd? Glaubst du, ich lasse mich von jedem ficken, der mich anschaut?«

»Glaub ich nicht.«

»Warum bist du dann hier?«

»Ich dachte …«

»Einen Scheiß dachtest du.« Sie starrte mich an.

Ich wich ihrem Blick auf, legte beide Hände in meinen Schoß. Lisas Handy begann zu vibrieren. Sie fixierte mich noch einige Augenblicke lang und wandte sich dann ab. Ich griff schnell nach meinen Shorts und schlüpfte hinein, drückte meinen Schwanz zwischen die Oberschenkel. Lisa kicherte, legte den Kopf in den Nacken und fingerte wie nebenbei nach ihrem Shirt. Sie sprach und bewegte sich so, als sei ich gar nicht mehr da, schob sich noch ein paar Chips in den Mund.

»Meinst du das ernst?«, sagte sie. »Dann komm her und zeig's mir. Na klar jetzt gleich, wann denn sonst, du Mongo. Jetzt sofort. Morgen bin ich nicht mehr da.«

Wieder lachte sie, warf das Handy ins Gras und zog sich an. Ich hockte mit angezogenen Beinen im Schatten und fühlte, wie mir die Bratwurst wieder hochkam. Ich würgte ein paarmal, drehte den Kopf weg. Lisa pfiff und knüllte die Chipstüte zusammen.

»Ich hätte nicht kommen sollen, oder?«

»Keine Ahnung. War deine Entscheidung.«

»Hast du einen Freund?«

»Geht dich nichts an.«

Sie stand über mir, ein dünnes Mädchen mit Pferdeschwanz, die Augen müde, der Mund ein Strich.

»Sorry«, sagte sie. Dann beugte sie sich herunter und drückte mir einen Kuss auf die Wange. »Mach keinen Scheiß«, sagte sie und wandte sich ab.

Sie rannte, ich hörte ihre Schritte, sie rief etwas, aber nicht in meine Richtung. Und dann verschwand sie einfach, ohne sich noch einmal nach mir umzudrehen. Ich blieb sitzen und sah hinunter zum Fluss. Das Wasser floss weiter und kümmerte sich einen Scheiß um mich. Ich hatte einen dicken Kloß im Hals und schluckte ein paarmal. Ich fuhr mir mit dem Arm über die Augen, presste die Lippen zusammen und versuchte nicht zu flennen.

»Schlampe!«, schrie ich, aber meine Stimme wackelte. »Du dumme Schlampe!«

Es war nur noch ein Krächzen. Ich schlug ins Gras, bis meine Fäuste rot und fast taub waren und an den Knöcheln der Dreck klebte. Dann ließ ich mich auf den Rücken fallen, riss kleine Grashalme aus und begann daran zu lutschen. Und plötzlich fühlte ich mich großartig, als hätte ich mich heftig geprügelt und den Gegner fertiggemacht: Ich hatte zwar einige Schrammen abgekriegt, den anderen aber mit lauten Schreien über die Wiesen in die Flucht geschlagen.

Kapitel 18

Im Zug zurück nach Frankfurt döste ich und versuchte, an nichts zu denken. Aber immer wieder tauchte Lisas Gesicht hinter der Scheibe auf, sie grinste mich an, fummelte an ihrem Schlüpfer herum und hockte sich dann in den Fluss, versank langsam im Wasser. Parkplätze und Wiesen zogen vorüber. Ich hatte vier Anrufe auf meinem Display, zwei von Mutter, einen von Joachim und einen von Klara. Ich lehnte den Kopf gegen die Scheibe und wählte Klaras Nummer. Wie es mir gehe, ob alles okay sei?

»Ja, alles gut. Bisschen müde.«

Im Hintergrund konnte ich die Geräusche des Dahlenberger hören, und ich stellte mir vor, wie sie auf dem Handtuch lag, in einer Schale Fritten herumstocherte und zu Hank grimassierte. Klara schwieg. Dann sagte sie, dass Elli wieder aufgetaucht sei. Ich schluckte ein paarmal, in einer Kleingartenkolonie wurde gegrillt, nackte Kinder rannten durch einen Rasensprenger. Sie hätten es bis nach Italien geschafft, an irgendeinen See. Von da habe Elli ihre Eltern angerufen.

Wohnblocks zogen vorüber, auf einem Fußballplatz standen ein paar Jungs mit nackten Oberkörpern und sahen in den Himmel.

»Hat er sie …« Wieder schluckte ich, schwieg und versuchte mich auf die Landschaft zu konzentrieren.

Sie sei verliebt. Er sei irgendein Aushilfslehrer von der Schule. Ich nickte.

»Sag den anderen, dass ich bald wieder da bin.«

Ich solle auf mich aufpassen. Dann legte Klara auf, und ich war wieder kurz davor zu flennen.

Ich machte mir das Bier auf, das ich mir am Bahnhof in Dürhausen gekauft hatte. Der Mann im Kiosk hatte mich nicht mal angeschaut und nur das Geld genommen. Die Brühe war schon warm, perlte aber noch vernünftig. Nach den ersten beiden Schlucken merkte ich, wie irrsinnig müde ich war, kaputt von einem langen heißen Tag. Als der Zug in den Hauptbahnhof einfuhr, ließ ich die Dose auf dem kleinen Tisch stehen. Ich ging in die Bahnhofshalle und stand einige Minuten hilflos im Getümmel, die Tasche über der Schulter, meine Hände zitterten leicht. Ich rief Joachim an. Er sagte, er sei in zwanzig Minuten da, ich solle vor dem Reisezentrum auf ihn warten. Ich hockte mich neben einem Fahrkartenautomaten auf den Boden, zog die Knie an und starrte einige Zeit auf Beine und Füße, die wie eine Maschine hin und herliefen, Geräusche machten, irgendwo verschwanden und aus dem Nichts wieder auftauchten. Dann hielten zwei Sandalen auf mich zu, keine Socken, die Zehen standen über den Rand.

»Schön dich zu sehen«, sagte Joachim.

Ich presste die Lippen aufeinander und stand auf. Wir wussten beide nicht, wie wir uns verhalten sollten. Umarmen ging nicht, aber die Hand zu reichen war irgendwie auch bescheuert. Er griff nach meiner Tasche.

»Hast du Hunger?«, fragte er.

Ich hatte Hunger. Die Bratwurst war Stunden her, und das Bier hatte nur noch mehr Appetit gemacht. Joachim trug meine Tasche und ging voraus, wartete an einer Ampel auf mich. Ich folgte ihm, überwältigt von der Hitze und dem Verkehr.

»Hast du was getrunken?«

»Ein Bier?«

»Deine Mutter sagt, du wärst heute Morgen einfach abgehauen.«

»Ich bin nicht abgehauen. Ich hatte noch was zu erledigen.«

Wir gingen in ein Steakhouse in der Nähe des Bahnhofs. Ich suchte nach der Toilette und ließ mir eine halbe Ewigkeit kaltes Wasser über die Hände laufen, drückte sie mir ins Gesicht. Danach ging es mir etwas besser, und als ich an den Tisch zurückkam, standen dort schon der Salat und die Vanilla Coke. Joachim trug ein kariertes Hemd, der Haarschnitt hatte sich nicht verändert, aber mir fiel auf, dass er im Gesicht voller geworden war, als hätte der Zahnarzt Wattestreifen in seinem Mund vergessen. Wir aßen langsam, sprachen nicht. Aber das hatte ich an Joachim immer gemocht, dass er mir nicht Löcher in den Bauch fragte, was ich die Woche über getrieben habe, ob ich eine Freundin habe undsoweiter.

»Und, was denkst du?«

»Über was?«

»Über die neue Schule?«

»Keine Ahnung.«

»Es ist eine tolle Chance.«

»Ich weiß.«

Die Steaks lagen dunkelbraun gebraten auf weißen Tellern und rochen nach schwarzer Erde, nach Blut und grobem Pfeffer. Die Fritten steckten in Gläsern. Ich wusste, dass sich Joachim so ein

Essen eigentlich nicht leisten konnte, deshalb kaute ich länger als sonst, trank nur kleine Schlucke.

»Das könnte dich weit bringen«, sagte Joachim.

»Dann musst du mal nicht Glühbirnen in Fassungen drehen und alte Bürostühle auseinanderbauen.« Er lächelte.

Joachim hatte den Hausmeisterjob seit er in Frankfurt war. Er beschwerte sich nicht, lebte bescheiden ohne Auto und ohne Urlaub.

»Kann schon sein.«

»Ich an deiner Stelle würde da sofort einziehen. Mensch Jan, du hast echt was auf dem Kasten. Mach was draus. Hat nicht jeder.«

Wir kauten ausdauernd. Im dunklen Bratensaft zog das Blut feinziselierte Bahnen, wie die Wurzeln eines Baumes.

»Ich schau's mir erstmal an«, sagte ich.

»Schlussendlich musst du entscheiden.«

Ich ähnelte Joachim nicht besonders, kam eher nach Mutter, das sagten alle seit meiner Geburt. Vielleicht war das mit ein Grund gewesen, warum Joachim nicht mehr mit Mutter zusammenlebte und sich für Frankfurt entschieden hatte. Vielleicht glaubte er, Mutter habe mich ihm untergeschoben, um an die Alimente zu kommen.

Wir kauften uns in einem Kiosk noch ein Eis und aßen es auf dem Weg hinunter zum Main. Es war ziemlich viel los, Radfahrer, Inlineskater, die Wiesen waren voller Menschen. Wir gingen langsam am Ufer entlang, sahen aufs Wasser, Joachim rauchte. Ein Frachtkahn zog träge vorbei, die Sonne verschwand hinter den Hochhäusern. Es roch nach Grill, Eis und Brackwasser. Hinter dem Schiff ruderte ein Achter, die Stimme des Steuermannes war elektronisch verstärkt und klang doch nur wie ein Flüstern.

»Hab ich auch mal ausprobiert, rudern«, sagte Joachim. »Aber nach dem ersten Mal konnte ich meine Arme nicht mehr heben.«

Obwohl ich den Fluss und die Stadt kannte, fühlte ich mich wie ein Fremder. Und Joachim kam mir so vor, als hätte ich ihn eben erst zufällig kennengelernt und wüsste noch nicht, was ich von ihm halten sollte. Er wohnte noch immer in Niederrad in einer Zweizimmerwohnung im dritten Stock. Aber als ich in die Wohnung kam, erkannte ich sie fast nicht wieder: Er hatte großformatige Schwarzweißfotos von New York, Buenos Aires und Rio an die Wände gehängt, auch hatte er sich ein größeres Bett gekauft. Im Wohnzimmer gab es einen Flachbildschirm, zwei Controller einer Konsole lagen auf dem Couchtisch. Joachim machte die Balkontür auf, dann ging er in die Küche.

»Willst du noch ein Bier?«

Ich wusste nicht, ob es richtig war, mit dem eigenen Vater zu trinken. In Käffern wie Dahlenberg war es zwar ein Ritual, sein erstes Bier zusammen mit dem Vater in irgendeiner Beize zu trinken und danach übertrieben zu kichern, aber ich war keiner dieser Obstplantagensöhne, kein Winzersprössling. Joachim kam mit zwei Gläsern und einer Flasche, wir setzten uns auf den Balkon. Er schenkte ein und wir stießen an.

»Macht ihr immer noch eure Sprünge?«

»Gelegentlich.«

»Du musst mal wieder ins Stadionbad. Da haben sie einen Zehnterturm.«

»Mal sehen.«

Ich kannte das Stadionbad von früheren Besuchen mit Joachim, an einen Turm konnte ich mich aber nicht mehr richtig erinnern. Vielleicht verdrängte ich es nur oder hatte mich damals einfach nicht hinaufgetraut, außerdem war ich mir nicht sicher, ob ich schon bereit war für ein höheres Brett, ein tieferes Becken. Es war noch immer Dahlenberger-Zeit und solange es Sommer war, musste ich mir keine Gedanken über andere Bäder, andere Schulen, andere Möglichkeiten machen. Die Dinge geschahen, weil es die Gesetzmäßigkeit unserer Jugend so verlangte, sie geschahen unmittelbar und scheinbar grundlos. Alles war schnell und laut, kaputt und grell, selbst unsere Langweile unterschied sich von jener der Erwachsenen durch die besondere Intensität, mit der wir die Nichtsnutzigkeit und Sinnlosigkeit der Welt wahrnahmen. Pläne und Ideen überlebten die Nacht nicht.

Ich schlief auf dem Bettsofa im Wohnzimmer. Die Balkontür war geöffnet, ich hörte manchmal eine Sirene, Stimmen, Joachim schnarchte leise. Ich konnte lange nicht einschlafen. Ich dachte an nichts Besonderes, es war eher ein ständiges Auf und Ab von Bildern und Geräuschen. Ich sah Lisa, ich sah meine Freunde im Dahlenberger, ich sah Andy mit seinem Handtuch auf dem Brett stehen und die Arme ausbreiten, aber es hatte plötzlich keine Bedeutung mehr. Ich fühlte keine Wut, keine Enttäuschung. Da war nur ein leises Summen in meinem Schädel, als würde jemand dicht neben mir liegen und mir eine Melodie ins Ohr säuseln, die dann in meinem Kopf wie in einer Kirche widerhallte. Ich rührte mich nicht, spürte das Blut durch meinen Körper strömen und wusste, dass ich bereit war.

Joachim und ich hatten auf seinem kleinen Balkon spät gefrühstückt, dann war er los zur Arbeit, hatte mir seinen Ersatzschlüssel und etwas Geld für die Bahn und das Freibad gegeben. Zuerst war ich sicher gewesen, nicht hinzugehen und stattdessen ein Stück am Main entlangzulaufen, dann aber war ich doch die kurze Strecke hinübergefahren, wollte es mir von außen anschauen, einen Eindruck bekommen. Und als ich auf dem Parkplatz in der Sonne schwitzte und von drinnen die Geräusche hörte, das Chlor und das Frittenfett schmeckte, konnte ich nicht widerstehen. Als ich an der Kassen bezahlte, fühlte es sich für ein paar Momente so an, als würde ich meine Freundin mit einer anderen betrügen. Ich schluckte ein paarmal gegen den bitteren Geschmack im Mund, zerknüllte die Eintrittskarte und ging mit gesenktem Kopf über die Liegewiese. Doch je weiter ich ins Bad hineinkam, je mehr sich die Wiese mit ihren Handtüchern, Sonnenschirmen, Kühlboxen um mich schloss, desto selbstverständlicher fühlten sich meine Schritte an, desto sicherer war ich, am richtigen Ort zu sein.

Das Freibad war riesig. Die Liegewiese zog sich vom Eingangsgebäude bestimmt zweihundert Meter hinüber zu den Becken, von denen es sechs verschiedene gab. Ein fünf Meter tiefes für die Sprünge, eines mit langen Bahnen, zwei Nichtschwimmerbecken, eins für die Wasserrutsche und eines für die Babys, über das ein Sonnensegel gespannt war. Auch hier hatten die Bademeister Trillerpfeifen umhängen und gaben ihre Anweisungen durch Megaphone. Hinter den Becken stieg die Liegewiese steil an, sie war terrassenartig angelegt und wurde von einer dichten Reihe wuchtiger Bäume beschattet.

Ich hockte mich vor dem Sprungbecken auf eine Bank und sah zu den Türmen hinauf. Die bunten Shorts bildeten ein fleckiges Muster, das sich die Aufstiegsleiter hinaufzog. In zehn Metern Höhe stand ein Knirps und sah aufs Wasser herunter. Er breitete die Arme aus und schloss sie wieder. Dann sprang er und tauchte wie ein Torpedo ein. Ich stand auf, ging ans Becken und ließ das Wasser über meine Füße schwappen. Es stach mir in die Zehen, dann aber stellte sich schnell das erste, gewohnte Taubheitsgefühl ein. Ich ging zu den Duschen und brauste mich ab, hielt die Luft an und ließ das kalte Wasser auf meinen Körper prasseln. Tropfend ging ich hinüber zur Leiter, ich hatte Zeit, streckte die Arme seitlich aus, legte den Kopf in den Nacken wie ein Athlet kurz vor dem Wettkampf. Ich wusste, dass ich nur einen Sprung hatte, um sie zu beeindrucken. Der erste musste sitzen. Ich stellte mich in die Reihe, kletterte die ersten drei Meter hinauf. Die Stufen waren rutschig, ich begann zu frösteln. Der Knirps vor mir klapperte mit den Zähnen, hinter mir alberten sie herum. Es gab nur dieses eine Mal, diesen einen Versuch. Das Wasser leuchtete. Ich stieg auf fünf Meter. Ein leichter Wind ging, jetzt sprach keiner mehr. Ein Schatten glitt vorüber, dann erfolgte der Einschlag.

»Jetzt spring endlich!«

Hinter mir drängten sie ungeduldig die Leiter hoch, wir stiegen an siebeneinhalb vorbei hinauf auf zehn. Ein schriller Pfiff ertönte. Ich sah den Bademeister am Beckenrand auftauchen, er winkte mir zu und rief etwas, das ich nicht verstand. Ich starrte wie paralysiert ins Becken, als suchte ich da unten nach einer Antwort. Ich spürte jeden Tropfen, der von meiner Shorts an den Beinen herunterlief.

»Spring schon!«

»Schisser!«

»Jetzt mach schon!«

Ich sah mich nicht um. Ich ging noch einen letzten, kleinen Schritt nach vorn und breitete die Arme aus.

Schon während des Sprungs wusste ich, dass ich es verkackt hatte. Ich drehte mich wie ein schlingernder Kreisel, drohte für einen Moment hinten überzukippen und mit dem Rücken einzuschlagen. Das Wasser war hart wie Beton, bei einem Bauchklatscher konnte man besinnungslos werden und ertrinken, oder es riss einem das Trommelfell, und man wusste nicht mehr, in welche Richtung man auftauchen musste. Im letzten Moment bekam ich aber die Füße nach unten, dann krachte ich ins Wasser, ein dumpfer Schmerz rollte meinen Körper hinauf. Ich sank tiefer und wartete auf den Auftrieb. Dann begann ich mit den Füßen zu schlagen und tauchte auf. Ich schwamm hinüber zum Beckenrand und zog mich aus dem Wasser, prustete Wasser aus der Nase. Noch etwas benommen saß ich da und war froh, dass noch alles an mir dran und am richtigen Platz war. Ich sah mich um, aber keiner hatte Notiz von mir genommen, niemand hatte sich auf seinem Handtuch aufgerichtet, die Augen aufgerissen, blickte sprachlos zu mir. Ich sah wieder zum Brett hinauf. Einer der Knirpse nahm gerade Anlauf, sprang ab, wirbelte herum und klatschte ins Wasser. Ich kam mir ziemlich blöd vor, wie ein Anfänger, dabei hatte ich im Dahlenberger das Brett beherrscht. Ich hievte mich hoch, ging mit zitternden Knien hinüber zur Leiter und stellte mich erneut an. Der zweite Sprung gelang mir schon sicherer. Ich schaffte eine Umdrehung und tauchte dann mit den Füßen voran sauber ins Wasser. Ich ging mein Sprungrepertoire aus dem Dahlenberger durch: eine Schraube, ein Salto, und wenn ich genügend federte und Jonas hinter mir auf dem Brett stand, um mir den letzten Schub zu verpassen, kriegte ich auch ansatzweise den Doppelten hin. Aber schon während des kurzen Flugs merkte ich, dass ich es wieder nicht richtig machte. Mir fehlte der Schwung, die nötige Kraft. Oben auf dem Turm war ich mir sicher gewesen, es hinzukriegen, aber als ich dann nach vorne ging und hinuntersah, wollte ich nur noch springen und mir dabei möglichst nicht alle Knochen brechen.

Nach einem halben Dutzend Sprüngen war ich erschöpft, meine Oberschenkel brannten. Ich holte mir eine Portion Fritten und setzte mich auf mein Handtuch in Sichtweite des Sprungturms. In regelmäßigen Abständen erfolgten die Einschläge, ein hohles Platschen als würde das Bad von einem Meteoritenschauer überzogen werden. Ich tupfte eine Fritte ins Ketchup und bemerkte zum ersten Mal die Gruppe Halbwüchsiger, die am anderen Beckenrand hockte und wie ich die Springer beobachtete. In der Sonne wirkte ihre Haut wie ausgebleicht, sie lachten, sahen abwechselnd zu mir herüber, wandten sich dann wieder dem Turm zu.

Ich knüllte die Schale zusammen, streckte mich aus und sah in den Himmel. Es waren keine Wolken da, und trotzdem lag die Hitze nicht mehr so klar und flirrend über den Badetüchern wie noch im Dahlenberger. Irgendetwas trübte die Luft ein.

Ich schloss die Augen und dachte an Andys ersten Sprung. Ich würde nie seine Leichtigkeit und die Ausgewogenheit seiner Bewegungen erreichen, mit der er von unserem Einer gesprungen war. Schon die Art, wie er damals aufs Brett gestiegen war, langsam nach vorn schlenderte und zu federn begann, hatte nichts mit dem zu tun, wie wir oben standen. Andy machte aus jedem Sprung ein kleines Kunstwerk, ohne sich dafür anstrengen zu müssen. Das Geheimnis seiner Sprünge lag nicht in der Technik oder im jahrelangem Üben, es verbarg sich vielmehr in der Art, wie Andy seine Bomben zelebrierte: wie einen Tanz, wie eine Choreographie fließender Bewegungen, die er nicht gelernt hatte, sondern die einfach geschahen, so wie sich das Wasser eines Bergbachs um Steine und Felsen wand, wie Schneeflocken durch die Luft wirbelten oder wie ein Schwarm Mücken in der Abendsonne schwebte. Keiner von uns würde es jemals so hinkriegen wie Andy, das war das Beruhigende an der Sache. Nicht im Dahlenberger, nicht in Frankfurt, nirgendwo.

Als ich mich aus dem Wasser zog, hörte ich für Augenblicke nur ein helles Pfeifen. Ich schüttelte den Kopf und beschloss, für heute Schluss zu machen. Ich drückte mein Gesicht ins Handtuch und wartete, aber der Ton ging nicht weg. Ein hochfrequentes Fiepen, das sich über alle anderen Geräusche legte, das aber nicht von außen kam, sondern in meinem Kopf war. Ich wrang meine Shorts aus und trocknete mich ab, drückte das Handtuch zusammen und wollte es in den Beutel stopfen, als plötzlich Andys Schlüssel klimpernd auf die Steinplatten fielen. Einige Augenblicke lang sah ich verwundert auf den glänzenden Anhänger, dann hob ich den Schlüsselbund auf und drehte ihn zwischen den Fingern. Die beiden Schlüssel unterschieden sich kaum voneinander, nur dass auf dem einen eine kleine Zahl eingraviert war, die mir jetzt zum ersten Mal auffiel. Sicher hatte ich sie auch schon vorher entdeckt, aber wieder vergessen. Jetzt starrten mich die beiden Fünfen an. Ich sah wieder hinauf zum Turm, ließ die Schlüssel in meiner Hand klimpern. Dann stand ich auf, warf mir den Beutel über die Schulter und schlenderte langsam hinüber zu den Umkleiden, wo sich auch die Spinde befinden mussten. Ich ging die Reihen der schmalen Türen entlang, stieß die offenstehenden an, streifte mit meiner Hand die Schlüsselbändchen. Vor Nummer fünfundfünfzig blieb ich stehen. Sie war verschlossen. Ich sah den Schlüssel an, dann blickte ich den Gang hinauf. Irgendwo grölten ein paar Knirpse, jemand in einer Kabine pfiff. Mehr als abbrechen konnte der Schlüssel nicht. Ich ging noch einen Schritt auf den Spind zu und ließ den Schlüssel langsam und geräuschlos ins Schloss gleiten. Mit einem Ruck drehte ich ihn und die Türe sprang auf. Ich zuckte zurück und starrte in den dunklen Spalt vor mir. Dann beugte ich mich vor und sah hinein. Zuerst dachte ich, das Ding sei leer, aber dann sah ich es: ganz hinten lag es, zu einem Quadrat gefaltet, schwarz und unscheinbar. Ich griff hinein und schüttelte das Handtuch aus. Es war ein ziemlich gewöhnliches Handtuch, schwarz, etwas länger als ich. Aber in einer Ecke war in feuerroten Buchstaben *Manowar* aufgedruckt. Ich sah mich noch einmal um, dann hängte ich mir das Handtuch so über die Schultern, dass jedem der Schriftzug sofort auffallen musste.

Langsam schlenderte ich über die Liegewiese zum Ausgang. Von den Sprüngen war mir ganz flau im Magen, ich hatte das Gefühl durch einen Sumpf zu waten. Immer wieder blieb ich stehen, kniff die Augen zusammen.

Ein Volleyball stieg steil über einem Netz auf, die Spieler verharrten in regungslosem Staunen. Der Wind trieb einen Wasserball ins Gebüsch. Zwei Knirpse versuchten sich gegenseitig mit den nassen Spitzen ihrer Handtücher zu erwischen und taumelten mit verbissenen Mienen zwischen den Decken und Kühltaschen.

Erst jetzt merkte ich, wie schwül es geworden war, jeder Atemzug kostete Kraft, und ich schwitzte schon wieder, als sei ich nie im Wasser gewesen. An der Kasse hatte sich eine Schlange gebildet.

Ich schob mich durchs Drehkreuz und warf mir den Beutel über die Schulter. Ich sah sie drüben bei den Fahrrädern. Sie lungerten im Schatten der Bäume, rauchten, ich hörte sie leise miteinander reden. Ich sah über den Parkplatz und bemerkte jetzt die riesige Wolke, die sich wie ein Atompilz in den Himmel schob. Wind wirbelte den feinen Sand des Parkplatzes auf.

»Wart mal.«

Sie standen dicht zusammen, Jungs und Mädels, verschränkten die Arme vor der Brust, auch ihnen war die Wolke aufgefallen.

Ich blieb stehen, sah sie aber nicht an.

»Hab dich hier noch nie gesehen.«

»Schon möglich.«

Sie sammelten sich in einem Halbkreis um mich wie eine schützende Wand menschlicher Körper, die ihr wichtigstes Mitglied umgibt.

»Was sagt der Typ?«

»Bist du Kanake? Russe?«

»Hab dich hier noch nie gesehen.«

»Ich glaub, es gibt bald was. Guck mal die Mörderwolke da.«

»Woher kommst du?«

»Voll das Riesending. Da hat jemand ne fette Bombe hochgehen lassen. Scheiße.«

»Taub, oder was?«

»Jetzt lass doch den Spacko. Der scheißt sich gleich ein.«

»Halts Maul. Ich rede mit dem. Ich mag deine Sprünge, ehrlich jetzt. Gute Technik.«

Ich presste die Lippen zusammen. Die Wolke schien zu wachsen, ihre Ränder wucherten ins dunstige Blau hinein und gewannen an Wucht und Schönheit. Ein Mädchen nestelte an ihrer Sonnenbrille, eine Kippe flog zur Seite.

»Wie heißt du?«

Ich sah auf meine Zehen, die blass vom Staub waren. Am Horizont zuckten erste Blitze und aus dem Bad strömten die Leute zu ihren Autos und Fahrrädern. Leise waren Durchsagen zu hören.

Irgendwo da hinten bei den Umkleiden schlich er noch herum. Er roch das Unwetter, den warmen Asphalt, das Chlor. Er war der einzige am Becken, auf das die Tropfen wie wild einschlugen und das Wasser zum Kochen brachten.

Ich hob den Kopf und sah sie der Reihe nach an.

»Andy«, sagte ich.

***